SHITSUREN CHOCOLATIER 2
by Setona MIZUSHIRO

Original Japanese edition published in 2009
by Shogakukan Inc., Tokyo
French translation rights arranged
with Shogakukan Inc.
through The Kashima Agency

French edition in 2010
by KAZÉ

Adresse : 45, rue de Tocqueville 75017 Paris
Site internet : www.kaze-manga.fr

SUPERVISION ÉDITORIALE
Raphaël Pennes

TRADUIT DU JAPONAIS PAR
Satoko Inaba
ADAPTATION & CORRECTIONS
Zoé Sofer

SUPERVISION GRAPHIQUE
Clémence Perrot
LETTRAGE & MAQUETTE
Digital Manga
DESIGN
din

Achevé d'imprimer en France en juin 2010
sur les presses de l'imprimerie CPI (Hérissey) à Évreux.

Dépôt légal : Juin 2010

Ça fait déjà un certain temps que je fais du manga,
mais ce n'est que récemment que je me suis aperçue d'une chose. Je crois que "les lecteurs cherchent dans le manga ce qui n'existe pas dans la vie réelle."
Je sais, c'est un peu tard pour le remarquer !

"Ce qui n'existe pas" c'est un peu dur, alors disons plutôt "ce qui est très difficile à réaliser".

Dans les mangas shônen, il faut "devenir toujours plus fort, évoluer sans fin et continuer à gagner" et dans les mangas shôjo, il faut "une unique personne à laquelle on est destinée, une personne avec qui on se jure un amour éternel". Je me demande pour quelle raison ?

Si on prend le problème dans l'autre sens, les gens sont sans doute inquiets de se dire que ces choses-là n'existent (peut-être) pas dans la vie réelle.

Mais !! Dans ce manga, vous pourrez voir des choses qui existent vraiment. Il est tout à fait possible de trouver des chocolats qui, en une bouchée, nous mettent du baume au cœur. Je conseille aux personnes qui n'ont pas encore eu cette révélation d'essayer un peu de tout, connu ou inconnu, cher ou pas cher, et très certainement, vous trouverez un jour un chocolat qui vous sera spécial.

Setona Mizushiro.

~ Sohta et Olivier la promenade miam-miam - fin ~

publié dans le vol. 7 de Rinka, supplément au Flowers

CHRISTIAN CONSTANT
Christian Constant
EN CONTINUANT LA RUE DE RENNES VERS MONTPARNASSE, VOUS PRENEZ À GAUCHE AU COIN DE LA BOUTIQUE POP "PLASTIQUES" ...
VOUS VERREZ BIENTÔT UNE BOUTIQUE BLANCHE.
C'EST CHRISTIAN CONSTANT, QUI A OUVERT UNE SUC-CURSALE À GINZA, L'ANNÉE DERNIÈRE.
LE MAGASIN DE GINZA EST LUXUEUX, MAIS ICI, L'AMBIANCE EST BEAUCOUP PLUS POPULAIRE ET LES CHOCOLATS S'ALIGNENT À CÔTÉ DES PLATS À EMPORTER ET DES PAINS.
IL Y A BEAUCOUP DE CHOCOLATS PARFUMÉS AUX FLEURS...
COMME "YLANG YLANG", "NÉROLI" (FLEUR D'ORANGE AMÈRE), "ROSE ET RAISIN DE CORINTHE" !
CES PARFUMS SE MÉLANGENT TRÈS NATU-RELLEMENT À CELUI DU CACAO. C'EST EXQUIS !
Original mais pas excessif, naturel et simple mais inoubliable... Je veux devenir comme ça.
Les chocolats basiques sont tout aussi bons !!
Mizushiro aussi, adore cette boutique !!
OUAAAH...

TADAM
Caramel
Framboise
Banane
DES BOUCHÉES !
QUAND IL Y EN A AUTANT, ÇA ATTIRE L'ŒIL !
Bouchée = environ 3 à 5 fois la taille d'un carré de chocolat normal.
L'ATELIER DU CHOCOLAT
LÀ, C'EST UNE CHAÎNE DE CHOCOLATERIE QU'ON TROUVE UN PEU PARTOUT EN FRANCE.
LA BOUTIQUE EST PLUTÔT RUSTIQUE ET LE PACKAGING ASSEZ PROCHE DES GÂTEAUX CHEAP…
MAIS IL NE FAUT PAS SE FAIRE AVOIR. C'EST BON !
RAAAH !!
ON PEUT Y ALLER SANS SE PRENDRE LA TÊTE.
MAIS LE GOÛT RAFFINÉ DU CHOCOLAT FRANÇAIS ET LA DOUCEUR EN BOUCHE SONT BIEN PRÉSENTS. ♡
POUR CEUX QUI N'OSENT PAS ENTRER CHEZ LES CHOCOLATIERS HUPPÉS…
C'EST PEUT-ÊTRE PAS MAL DE COMMENCER PAR LÀ.
La boîte d'assortiment aussi est simple ! Mais délicieuse !
Biarritz
Noix merveilleuse
Rocher
Banana
Quand j'y suis passée, un Patrick Roger avait ouvert à côté. (octobre 2009)

PATRICK ROGER
La plaque au fond de la boîte est aussi en chocolat !
PATRICK ROGER CHOCOLATIER
LA BOUTIQUE EST FACE AU BOULEVARD SAINT-GERMAIN.
LEUR BLEU-VERT RESSORT TRÈS BIEN SUR LE MARRON CHOCOLAT !
"Amazone" avec une harmonie plaisante entre le caramel et le citron vert.
VOUS Y DÉGUSTEREZ BEAUCOUP DE CHOCOLATS QUI METTENT EN VALEUR LE GOÛT ACIDULÉ DES FRUITS.
DEBAUVE ET GALLAIS
EBAUVE CHOCOLAT & GALLAIS
ILS ONT ÉTÉ CHOCO-LATIERS POUR LES ROIS DE FRANCE.
Ce magasin a servi de modèle pour Choco la vie.
LA BOUTIQUE, QUI CONSERVE SON ASPECT DEPUIS 1819, EST CLASSÉE MONUMENT HISTORIQUE.
LEURS CHOCOLATS ONT TOUS UNE DOUCEUR SUCRÉE ET PLAIRONT À N'IMPORTE QUI.
Macaron chocolat.
Recouvert et fourré au chocolat !
Un chocolat en forme de macaron. Il y a pleins de couleurs comme rouge, rose, marbré, on dirait des jouets, c'est trop mignon !
JEAN-CHARLES ROCHOUX
UNE RUE PLUS LOIN DEPUIS LA RUE DE RENNES.
DES ŒUVRES D'ART EN CHOCOLAT S'ALIGNENT DANS CE MAGASIN, PETIT MAIS À L'AMBIANCE LUXUEUSE.
LES BOÎTES EN CROCO COULEUR CHOCOLAT AVEC UN RUBAN BLEU FUMÉ CLAIR SONT TRÈS CHICS.
Goût et ambiance pour les adultes.
Ravi.
Haa... C'est boon...

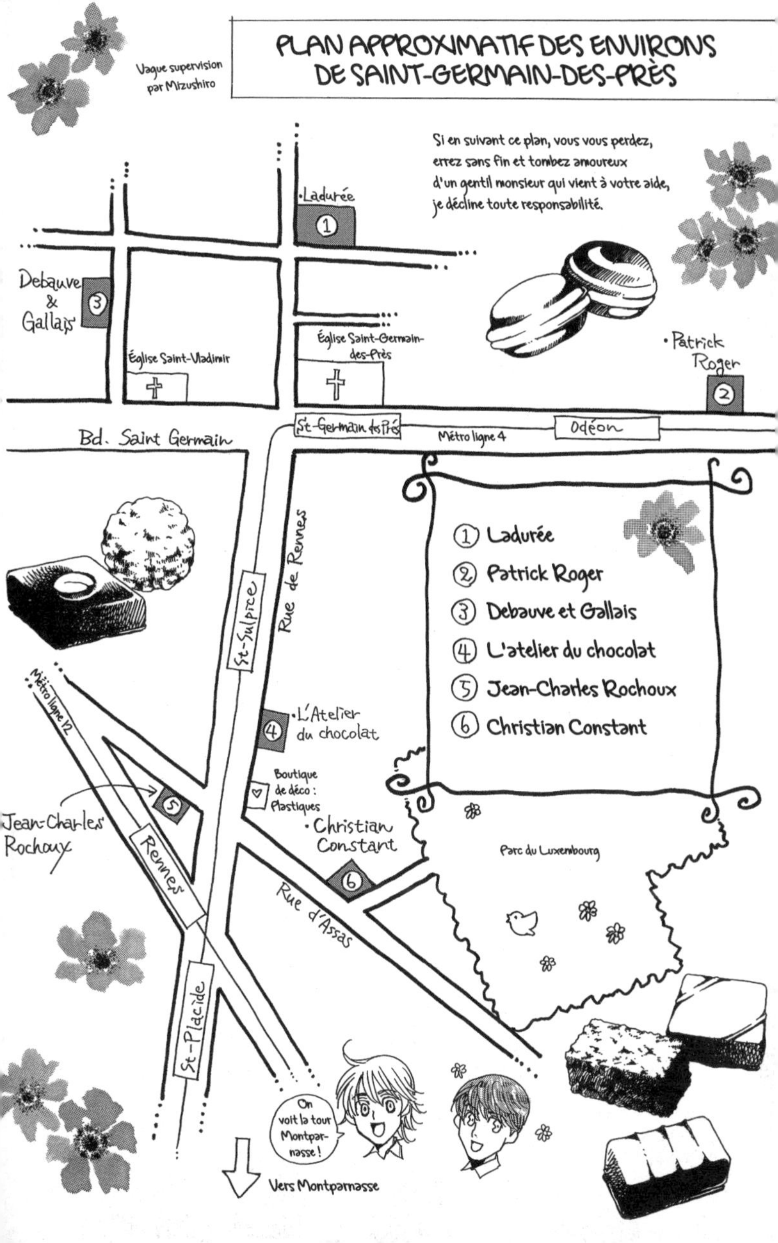
PLAN APPROXIMATIF DES ENVIRONS DE SAINT-GERMAIN-DES-PRÈS
Vague supervision par Mizushiro
Si en suivant ce plan, vous vous perdez, errez sans fin et tombez amoureux d'un gentil monsieur qui vient à votre aide, je décline toute responsabilité.
Ladurée
Debauve & Gallais
Église Saint-Vladimir
Église Saint-Germain-des-Prés
Patrick Roger
Bd. Saint Germain
St-Germain des Prés
Métro ligne 4
Odéon
1 Ladurée
2 Patrick Roger
3 Debauve et Gallais
4 L'atelier du chocolat
5 Jean-Charles Rochoux
6 Christian Constant
St-Sulpice
Rue de Rennes
Métro ligne 12
L'Atelier du chocolat
Boutique de déco : Plastiques
Christian Constant
Jean-Charles Rochoux
Rennes
Rue d'Assas
Parc du Luxembourg
St-Placide
On voit la tour Montparnasse !
Vers Montparnasse

Sohta et Olivier
LA PROMENADE MIAM-MIAM
LE SANDWICH LADURÉE !
ÇA FAIT PLAISIR, CE VOLUME !!
On peut manger plein de légumes !!
Il fait le double de celui de Ladurée Japon.
À L'HEURE DU DÉJEUNER, ON SE SENT OBLIGÉS DE PRENDRE ÇA. ♡
En matinée, ce serait le pain perdu. On oublie les calories et on met la dose de sirop d'érable et de chantilly !!
Il fait le double de celui de Ladurée Japon.
LADURÉE EST UNE PÂTISSERIE QUI A UNE LONGUE HISTOIRE.
Ils ont fait parler d'eux quand ils se sont installés au Japon.
VOUS POUVEZ Y DÉGUSTER DES GÂTEAUX QUI RESPECTENT LES GOÛTS CLASSIQUES. ♡
Il y a des clients plutôt âgés et beaucoup de touristes !
À LA BOUTIQUE DE SAINT-GERMAIN-DES-PRÉS, IL Y A ÉGALEMENT UN COIN RÉSERVÉ AU CHOCOLAT.
La "bonbonnière" : des carrés de chocolat dans une boîte en biscuit recouverte de chocolat.
Une partie de son succès vient sûrement de l'aspect des gâteaux et du packaging trop mignons.
LES CHOCOLATS ONT AUSSI UNE SAVEUR NOSTALGIQUE.
J'aime beaucoup.
PARTONS DE CETTE BOUTIQUE À SAINT-GERMAIN-DES-PRÉS ...
Marchons !
POUR UNE PROMENADE AUTOUR DU CHOCOLAT !
On y va !

∾ Sohta et Olivier au salon du chocolat 2008 - fin ∾

Publié dans le vol. 6 de Rinka, supplément au Flowers

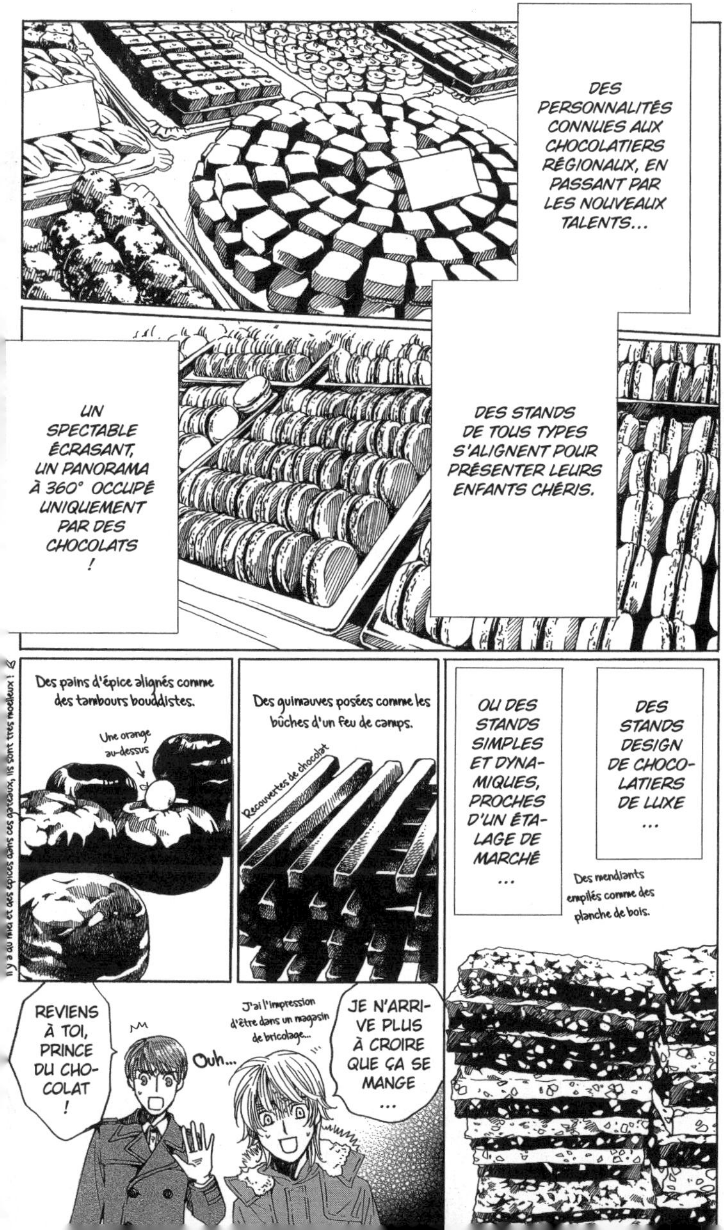

DES PERSONNALITÉS CONNUES AUX CHOCOLATIERS RÉGIONAUX, EN PASSANT PAR LES NOUVEAUX TALENTS...
DES STANDS DE TOUS TYPES S'ALIGNENT POUR PRÉSENTER LEURS ENFANTS CHÉRIS.
UN SPECTABLE ÉCRASANT, UN PANORAMA À 360° OCCUPÉ UNIQUEMENT PAR DES CHOCOLATS !
DES STANDS DESIGN DE CHOCOLATIERS DE LUXE ...
OU DES STANDS SIMPLES ET DYNAMIQUES, PROCHES D'UN ÉTALAGE DE MARCHÉ ...
Des mendiants empilés comme des planche de bois.
Des guimauves posées comme les bûches d'un feu de camps.
Recouvertes de chocolat
Des pains d'épice alignés comme des tambours bouddistes.
Une orange au-dessus
Il y a au miel et des épices dans ces gâteaux, ils sont très moelleux !
JE N'ARRIVE PLUS À CROIRE QUE ÇA SE MANGE ...
J'ai l'impression d'être dans un magasin de bricolage...
Ouh...
REVIENS À TOI, PRINCE DU CHOCOLAT !

LA GRANDE MANIFESTATION DU CHOCOLAT : LE SALON DU CHOCOLAT.
AU JAPON, IL A LIEU LE JOUR DE LA SAINT-VALENTIN …
MAIS À PARIS, SON LIEU D'ORIGINE, IL EST ORGANISÉ FIN OCTOBRE, PENDANT CINQ JOURS.
SALON DU CHOCOLAT
Sohta et Olivier
AU SALON DU CHOCOL
20
C'EST UN GRAND ÉVÉNEMENT QUI SE DÉROULE DANS TOUT UN PAVILLON DU PARC DES EXPOSITIONS !
WAAH WAAH
ON DIRAIT LA VERSION CHOCOLAT DU TOKYO GAME SHOW. ♡
J'y suis jamais allé !
POUR TOI, C'EST PEUT-ÊTRE UN EXEMPLE CLAIR MAIS…
ON Y VOIT AUSSI DE CÉLÈBRES PÂTISSIERS JAPONAIS.
ET DES CLIENTS QUI SE PRENNENT EN PHOTO AVEC EUX, DEVANT L'ENTRÉE …
CLIC
Je le connais ! Je le reconnais !
ON Y VA !
NE TE PERDS PAS, OLIVIER !

~ Heartbroken Chocolatier 2 - fin ~

MAIS CE GENRE DE MESSAGE SERAIT CONTRAIRE À MES PRINCIPES.
DES PRINCIPES ?
PLUTÔT DE L'ENTÊTEMENT.
JE VOUDRAIS VOIR TON VISAGE.
DES DISCUSSIONS PAR TEXTO, NON MERCI.
CE N'EST PAS GRAVE SI TU NE M'AIMES PAS.
JE ME LANGUIS JUSTE DE TE VOIR, À TEL POINT QUE MON CŒUR EN EST TOUT ÉCORCHÉ.

TRÈS BIEN.
TU DEVIENS UN BON MAUVAIS GARÇON...
SOHTA.
MAIS RIEN NE DIT QUE SAEKO REVIENDRA ...
PEUT-ÊTRE QU'ELLE ...
ESSAIE DE ME FAIRE DIRE ...
"VIENS AU MAGASIN".

OUI. C'EST JOLI. ♡
ON N'EN AVAIT PAS, JUSQU'ICI.
N'EST-CE PAS.
ÇA CHANGE LA TEXTURE, ALORS JE NE VOULAIS PAS EN UTILISER SUR MES CHOCOLATS…
MAIS COMME CELUI-CI EST CROQUANT DE BASE, ÇA NE DÉRANGERA PAS.
J'EN AI EU L'IDÉE EN VOYANT LES ONGLES D'ELENA.
C'EST UN CHOCOLAT INSPIRÉ PAR UNE AUTRE FILLE…
QUE TU VAS OFFRIR À SAEKO.

AH…
DE TOUTE FAÇON… ÇA M'EST ÉGAL.
CLAC
JE ME DEMANDE SI ELLE M'A CRU…
JE DIRAIS 50/50.
MAIS C'EST MIEUX QUE RIEN !
J'ai tenté de la jouer naturel…
Je n'aimerais pas qu'il y ait une sale ambiance au magasin !
AH, TU SAIS, OLIVIER.
MON NOUVEAU CHOCOLAT…
JE CROIS QUE JE VAIS LE DÉCORER AVEC DES PETITES DRAGÉES EN PERLES ARGENTÉES.

choco la vie
KAORUKO, TU PEUX ME PASSER CE BOL ?
...
TIENS ...
MERCI !
...
...
NE FAIS PAS CETTE TÊTE.
J'AI DORMI CHEZ ELLE ...
MAIS ON A JUSTE BU DU THÉ ET PARLÉ.
JE ME SUIS VITE ENDORMI ET JE CROIS QU'ELLE REGARDAIT UN DVD.

D'ACCORD.
C'EST VRAI, LES FEMMES VEULENT CROIRE QU'UN HOMME RESTE FIDÈLE À CELLE QU'IL AIME.
...
ALORS COUCHER AVEC UNE AUTRE QUE SAEKO...
ÇA DOIT ÊTRE CHOQUANT, AU REGARD DE KAORUKO.
Toi alors, Olivier, tu es attentionné !
MAIS ÇA ME REBUTE UN PEU DE LUI MENTIR ...
SOHTA ?
UN BAD BOY SAIT TROMPER LES FEMMES COMME IL FAUT.
TU DOIS ÊTRE CAPABLE DE LEUR OFFIR DE GENTILS MENSONGES. ♡
QUE FERAIS-TU, SI SAEKO VENAIT À APPRENDRE CE QUI S'EST PASSÉ ?
TU DOIS ÊTRE EN MESURE DE LA DUPER, HEIN ?
DIS-TOI QUE C'EST UN ENTRAÎNEMENT ET VAS-Y.
...

CLIC
SOHTA. ♡
TU AS FAIT L'AMOUR AVEC LA FILLE D'HIER ?
...
...
QUOI ?! TOI AUSSI, TU VAS ME GRONDER ?!
POUR UNE FOIS QUE JE ME SENS BIEN DANS MON CORPS ET DANS MA TÊTE !!
JE NE M'Y OPPOSE PAS !
TU DEVRAIS SORTIR AVEC PLEIN DE FILLES DIFFÉRENTES ! MOI, JE SUIS POUR !
JE NE SORS PAS AVEC... ELENA RESTE AVANT TOUT UNE AMIE.
UNE SEX FRIEND. ♡
ÉVITE CE GENRE DE MOT !!
MAIS TU NE DEVRAIS PAS PARLER DE TOUT ÇA À KAORUKO.
VA LUI DIRE QUE TU N'AS RIEN FAIT, MÊME SI CE N'EST PAS VRAI !
POURQUOI ?
POURQUOI JE LUI MENTIRAIS ?
...
AH ... ...

VU COMMENT C'ÉTAIT PARTI, ÇA AURAIT ÉTÉ BIZARRE QUE JE FINISSE AVEC UNE AUTRE ...
COMMENT ÇA ?
J'Y CROIS PAS !!
?
NE FAIS PAS CETTE TÊTE, ÇA VA, JE SUIS GRAND.
AH, SALUT, OLIVIER. ♡
BONJOUR. ♡

BONJOUR.
BONJOUR SOHT…
FWAAH
TES VÊTEMENTS…
NE ME DIS PAS QUE TU AS PASSÉ LA NUIT AILLEURS…
HEIN ?
EUH BEN… SI.
DIS-MOI PLUTÔT QUAND TU ES RENTRÉE, TOI.
Tu aurais pu prévenir !
TU AS PASSÉ LA NUIT AVEC LA FILLE D'HIER SOIR ?!
choco la vie

SSH...
TES ONGLES SCINTILLENT À MORT !
IL Y A MÊME DES ESPÈCES DE PETITES DRAGÉES EN PERLES.
DES MICRO-PERLES. ♡
MAIS LES GARÇONS N'AIMENT PAS LES ONGLES TROP MANUCURÉS.
ÇA DÉPEND À QUEL POINT ...
MAIS C'EST VRAI QUE LE NATUREL PASSE MIEUX.
Moi, j'aime bien regarder ce genre de choses...
C'EST BIEN CE QU'IL ME SEMBLAIT.
TANT PIS ! MOI, J'AIME BIEN ÇA.
ET PUIS MON BOULOT, C'EST DE PLAIRE AUX FILLES !
UNE VRAIE PRO. ♡
J'AIME ÇA. ♡

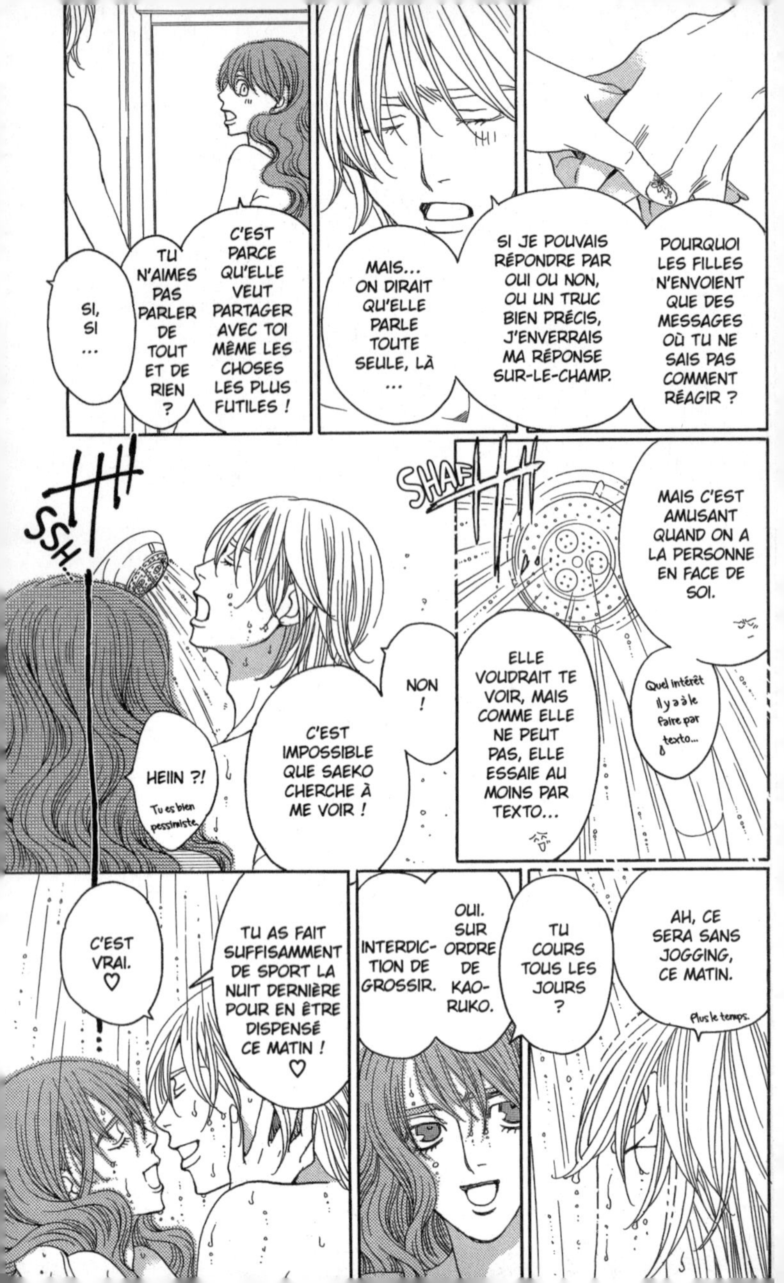

POURQUOI LES FILLES N'ENVOIENT QUE DES MESSAGES OÙ TU NE SAIS PAS COMMENT RÉAGIR ?
SI JE POUVAIS RÉPONDRE PAR OUI OU NON, OU UN TRUC BIEN PRÉCIS, J'ENVERRAIS MA RÉPONSE SUR-LE-CHAMP.
MAIS… ON DIRAIT QU'ELLE PARLE TOUTE SEULE, LÀ …
C'EST PARCE QU'ELLE VEUT PARTAGER AVEC TOI MÊME LES CHOSES LES PLUS FUTILES !
TU N'AIMES PAS PARLER DE TOUT ET DE RIEN ?
SI, SI …
MAIS C'EST AMUSANT QUAND ON A LA PERSONNE EN FACE DE SOI.
Quel intérêt il y a à le faire par texto…
ELLE VOUDRAIT TE VOIR, MAIS COMME ELLE NE PEUT PAS, ELLE ESSAIE AU MOINS PAR TEXTO…
SHAF
NON !
C'EST IMPOSSIBLE QUE SAEKO CHERCHE À ME VOIR !
HEIIN ?!
Tu es bien pessimiste.
SSH…
AH, CE SERA SANS JOGGING, CE MATIN.
Plus le temps.
TU COURS TOUS LES JOURS ?
OUI. SUR ORDRE DE KAO-RUKO.
INTERDICTION DE GROSSIR.
TU AS FAIT SUFFISAMMENT DE SPORT LA NUIT DERNIÈRE POUR EN ÊTRE DISPENSÉ CE MATIN ! ♡
C'EST VRAI. ♡

NOUVEAU MESSAGE : 1
À MON RÉVEIL, J'AVAIS REÇU UN MESSAGE DE SAEKO.
PENDANT UN INSTANT, J'AI EU L'IMPRESSION QU'ELLE ME REPROCHAIT MON COMPORTEMENT ET J'AI EU PEUR.
MAIS EN VOYANT LE CONTENU ...
A VA ?
FAIT CHAUD, CES DERNIERS
EMPS !
HIER, ON M'A DIT QU'UNE AMIE AVAIT ADORÉ TES TRUFFES À LA MENTHE !!
IL FAUT QUE J'Y GOÛTE MOI AUSSI !!!
QUAND ON ME DIT DU BIEN DE TOI, ÇA ME REND HEUREUSE.
SAEKO
CE MESSAGE A BESOIN D'UNE RÉPONSE ?
Y a rien à dire à part "merci"...
Alors que c'est le premier texto depuis longtemps !!
HMM HMM GRR GRR
HMM HMM GRR GRR
SOHTA, VIENS PRENDRE UNE DOUCHE. ♡
TU AS UN MESSAGE ? C'EST TA "SAEKO" ?!
Super !!
HU... M...

ET TON ÉPREUVE DIVINE ?
AH ÇA...
C'EST BON.
JE CONNAIS MAINTENANT LA RÉPONSE.

ÉVITE DE TOMBER AMOUREUX.
HA HA.
…
MADE-MOISELLE ELENA, VOUS NE PORTEZ PAS DE SOUTIEN-GORGE …
JE ME SUIS DIT QU'ON COUCHERAIT PEUT-ÊTRE ENSEMBLE.
TU N'Y ES PAS DU TOUT.
LAISSE AU MEC LE PLAISIR DE L'ENLEVER.

ET SI ON FAISAIT L'AMOUR...
ELENA.
TU N'EN AS PEUT-ÊTRE PLUS ENVIE.
MAIS SI !
HEIN... TU AS CHANGÉ D'AVIS ?
ON PEUT DIRE ÇA.
À FORCE DE ME VOIR, TU ME TROUVES À TON GOÛT ?
PAS DU TOUT.
!!
JE TE TROUVAIS À MON GOÛT DÈS LE DÉPART.

Merci !
QU'EST-CE QUE TU REGARDAIS, ELENA ?
UN DVD.
"SEX AND THE CITY". ♡
ENCORE UN TRUC DE CUL ...
MAIS NON ! C'EST PAS DU TOUT ÇA !!
CLAC
JE SAIS, J'AI DÉJÀ VU.
C'EST VRAI ?
QUI TU PRÉ- FÈRES, PARMI LES QUATRE FILLES ?
HEIN ...
SI JE DEVAIS CHOISIR... CELLE QUI FAIT FILLE DE BONNE FAMILLE...
AH BON !
MOI, J'ADORE SAMANTHA ! ELLE EST COOL ! J'AIME- RAIS DEVENIR COMME ELLE !
C'EST POUR ÇA QUE TU REBUTES LES MECS.
!!!
JE PLAI- SANTE.
ON LE FAIT ?

OUI, EXACTEMENT.
ET SI UN JOUR, ELLE REPASSAIT SUR UN COUP DE TÊTE ET QU'ELLE ME VOYAIT INCHANGÉ...
LÀ, ELLE SERAIT DÉÇUE ET TOUT SERAIT DÉFINITIVEMENT TERMINÉ.
SI ELLE POUVAIT RÉAPPARAÎTRE DEVANT MOI...
À CE MOMENT-LÀ, NE DEVRAIS-JE PAS ÊTRE TRANSFORMÉ...
AU POINT DE LA PERTURBER ?
ALORS QUOI ?
JE NE DOIS PLUS RIEN FAIRE ?
PLUS D'EFFORTS, PLUS DE BOULEVERSEMENTS ?

AH...
HAA
HAA
...
が ば
VLAF
...
AH, SOHTA, TU ES RÉVEILLÉ ?
TU VEUX DE L'EAU ?
JE N'AI QUE DE LA CONTREX, ÇA IRA ?
J'AI DÉCIDÉ DE DEVENIR UN BAD BOY.
JE NE DOIS PAS RESTER COMME AVANT.
E NE DOIS AS COURIR PRÈS ELLE, MAIS LA POUSSER VENIR ME HERCHER.
MAIS QUOI QUE JE FASSE...
SAEKO NE SE PRÉSENTERA PEUT-ÊTRE PLUS JAMAIS DEVANT MOI.
ELLE NE ME PORTE AUCUN INTÉRÊT.
JE SUIS SÛR QU'ELLE EST EN TRAIN DE S'ENFONCER AVEC SATISFACTION DANS UN TAS DE CHOCOLATS D'AUTRES MAGASINS.

TU ES SANS INTÉRÊT.
TU ES LOURD.
TU ME DÉGOÛTES.
SOHTA, TU N'AS PAS DU TOUT CHANGÉ ...

FIOUUU
SAEKO !
J'AI RÉSISTÉ AUX AVANCES D'UNE BELLE MANNEQUIN !!
PARCE QUE JE N'AIME QUE TOI !!
AH BON. ♡
ET ?
TU VEUX QU'ON TE FÉLICITE ?
TU T'ATTENDAIS À DES APPLAUDISSE-MENTS DE MA PART ?
ZUT ...
ON N'A PAS CE GENRE DE RELATION, QUE JE SACHE.
PAS DE MON CÔTÉ, EN TOUT CAS...
C'EST UN ÉCHEC.

...
MAIS... EUH...
CES DERNIERS TEMPS, SAEKO NE VIENT PLUS ME VOIR ...
ET COMME ÇA ARRIVE JUSTE À CE MOMENT ...
J'AI L'IMPRESSION DE FAIRE FACE À UNE ÉPREUVE DU CIEL...
O.K. ♡
D'ACCORD, LAISSONS TOMBER ! C'EST VRAI QUE C'ÉTAIT UN PEU BIZARRE.
DÉSOLÉE POUR LA PROPOSITION.
JE NE LE RÉPÈTERAI PLUS, JE N'Y PENSERAI MÊME PLUS, ALORS OUBLIE ÇA. ♡
AH OUI !
L'AUTRE JOUR, ON M'A RAMENÉ DES CHOCOLATS DE BELGIQUE.
TU CONNAIS PEUT-ÊTRE ...

JE ME SUIS SENTIE HEUREUSE QUAND ON S'EST PRIS LA MAIN, TOUT À L'HEURE.
PARCE QUE JE COMPRENDS...
EXACTEMENT CE QUE TU PENSES.
L'AMOUR À SENS UNIQUE NOUS REND SOLITAIRES.
MÊME SI J'AI DES AMIS ET UN BOULOT QUI MARCHE BIEN, DÈS QUE J'Y PENSE, JE ME SENS SEULE.
MAIS AVEC TOI, J'AI L'IMPRESSION QUE JE PEUX PARTAGER CES SENSATIONS.
JE PARTAGE TOTALEMENT...
TES SENTIMENTS, MAIS...
JE NE DIS PAS ÇA À N'IMPORTE QUI, HEIN ?
JE NE SUIS PAS COMME ÇA...
OUI. ÇA ...
JE LE SAIS...
JE L'AI DIT PARCE QUE C'EST TOI...
OUI ...
...

SI ÇA SE TROUVE, JE N'Y ARRIVERAI JAMAIS DE MA VIE.
MAIS PEUT-ÊTRE QUE JE NE POURRAI PAS L'OUBLIER NON PLUS.
ET DANS CE CAS, JE VAIS DEVOIR PASSER UNE VIE ENTIÈRE À PENSER À LUI, SANS JAMAIS AVOIR QUELQU'UN DANS MES BRAS ?
RESTER TOUTE SEULE, AU CONTACT DE PERSONNE ...
NON, CE N'EST PAS ...
ET TOI, SOHTA, COMMENT TU AS FAIT, CES ONZE ANNÉES ?
NE ME DE-MANDE PAS !!
JE SUIS UN MEC...
Je devais me faire un peu d'expérience.
ET PUIS JE DEMANDE UN NON-LIEU QUAND C'EST À L'ÉTRAN-GER.
TU VOIS ! ALORS, OÙ EST LE MAL ?!
MAIS JE SUIS AMI AVEC TOI, ELENA.
TU NE L'AIMERAS PLUS, SI TU COUCHES AVEC MOI ?
NON, JE NE CROIS PAS ...
Désolé, pour mon manque de goût...
TU VOIS ?
C'EST PAREIL POUR MOI.
ÇA MARCHE, PARCE QU'ON EST CLAIRS LÀ-DESSUS.
JE NE POURRAIS PAS COUCHER AVEC QUELQU'UN S'IL Y AVAIT LE MONDRE RISQUE DE MALENTENDU.

...
CE N'EST PAS DANS CE BUT QUE JE SUIS VENU !
TU DISAIS QU'ON ÉTAIT AMIS !!
NON ?
OUI, ON EST AMIS !
ON EST TOUS LES DEUX MEMBRES DU CLUB DE L'AMOUR À SENS UNIQUE !!
EXACTEMENT.
J'AIME QUELQU'UN ET TOI AUSSI, ELENA. ALORS ...
MAIS ...
JE NE SAIS PAS QUAND JE POURRAI LE VOIR ...
JE CONTINUE À FAIRE DES EFFORTS ...
MAIS JE NE SAIS PAS QUAND J'ARRIVERAI AU BUT.
ET MÊME SI JE LE VOIS ...
JE NE SAIS PAS S'IL M'AIMERA EN RETOUR ...

Mais si !
Je suis sûre qu'elle a plus de succès que moi !
Fais attention, elle risque d'attirer beaucoup de casse-pieds.
HA HA
Mais non.
Y a rien de tout ça.
Je m'en passe…
POP
Haa…
Si elle pouvait nous ramener un riche mari, je serais ravi.
Mais ça ne risque pas d'arriver.
Sohta.
Oui.
On le fait ?
Hein ?
On fait l'amour ?
BEUAH

J'AI TROUVÉ QUE LE NIVEAU DE BEAUTÉ DES EMPLOYÉS ÉTAIT SUPER ÉLEVÉ.
AH OUI ...
POUR ÇA, IL FAUT REMERCIER OLIVIER.
ET KAORUKO EST AUSSI TRÈS BELLE.
PLAF
KAO-RUKO ?
CELLE QUI A LES YEUX DE CHAT.
ET LE CHIGNON.
Ce soir, elle avait lâché ses cheveux.
AAH ! OUI, ELLE EST BELLE ET EN PLUS, ELLE A L'AIR SUPER EFFICACE !
ET IL Y A AUSSI UNE FILLE AVEC DES CHEVEUX LONGS.
ELLE ÉTAIT JOLIE, ELLE AUSSI. ♡
...
EUH... MATSURI ?
"MA-TSURI" ?
MA ...
PETITE SŒUR.
AH BON ?
MAIS NON, COMPARÉE À TOI, ELLE N'EST PAS JOLIE DU TOUT.
ALORS VOUS AVEZ LA BEAUTÉ DANS LES GÈNES !!

choco la vie
PAS DE NOUVEAU MESSAGE
FAIS COMME CHEZ TOI !
HÉ, TU SAIS, L'AUTRE JOUR, QUAND JE SUIS PASSÉ AU CHOCO LA VIE ...

SOHTA, TU NE VEUX PAS PASSER À LA MAISON ? ON POURRAIT POURSUIVRE LA CONVERSATION AUTOUR D'UNE TASSE DE THÉ.
CE SERAIT DOMMAGE DE SE QUITTER MAINTENANT, ALORS QU'ON A RÉUSSI À DEVENIR AMIS.
AH.
TOURNEZ À GAUCHE ET DÉPOSEZ-NOUS LÀ.
OUI.
...
D'ACCORD. ♡
BAM

J'ALIGNE LES PRÉTEXTES…
JE SUIS TOTALEMENT INCAPABLE D'AGIR.
JE NE VEUX PAS PASSER POUR UNE FOLLE, PAS ÊTRE TROP PESANTE…
FINALEMENT, JE NE PENSE QU'À MON PROPRE INTÉRÊT…
TU M'IMPRESSIONNES, SOHTA.
TU N'HÉSITES PAS À PASSER À L'ACTION POUR TE FAIRE AIMER D'ELLE.
MAIS ELLE N'A RIEN VU.
ET PUIS JE NE LUI AI JAMAIS DIT CLAIREMENT…
POURQUOI JE SUIS DEVENU CHOCOLATIER.
EN L'AVOUANT…
J'AI PEUR DE LA FAIRE FUIR…

MAIS AVEC UN TRAVAIL COMME LE TIEN…
SI TU CHERCHES BIEN, IL N'Y AURAIT PAS QUELQU'UN QUI POURRAIT TE DONNER SON NUMÉRO ?
JE PENSE QUE OUI…
MAIS QUAND JE L'AURAIS, QU'EST-CE QUE J'EN FERAIS ?
SI JE L'APPELLE ET QUE JE LUI DIS "JE SUIS KATO, ON S'EST CROISÉS L'ANNÉE DERNIÈRE"…
IL NE SE SOUVIENT SANS DOUTE PLUS DE MOI ET JE LE FERAI JUSTE FLIPPER.
TU CROIS ?
HUM…
BON, DANS CE CAS…
TU TROUVES UNE PERSONNE EN RAPPORT AVEC LE GROUPE…
POUR QU'ELLE T'EMMÈNE EN COULISSE OU À LA FÊTE, APRÈS UN CONCERT.
J'Y AVAIS PENSÉ…
MAIS CE N'EST PAS FACILE À ABORDER.
SI JE SUIS TROP EXPLICITE…
JE NE VOUDRAIS PAS QU'IL ME PRENNE POUR UNE GROUPIE…
…

ET JE L'AIME TOUJOURS DEPUIS.
C'EST ÉTRANGE.
JE ME DEMANDE POURQUOI ...
C'EST VRAI.
C'EST INEXPLICABLE.
MOI AUSSI, JE SUIS TOMBÉ AMOUREUX DE SAEKO AU PREMIER REGARD.
COMMENT CE GENRE DE CHOSE ARRIVE ?
EN UNE SECONDE, J'ÉTAIS AMOUREUX.
J'AURAIS AUSSI AIMÉ L'OUBLIER EN UN INSTANT ...
...
C'EST VRAI...

MAIS JE T'ENVIE.
TU PEUX LA VOIR QUAND TU VEUX ET L'APPELER OU LUI ENVOYER DES TEXTOS.
MOI, JE NE CONNAIS RIEN DE LUI ...
ET JE NE LUI PARLERAI PEUT-ÊTRE PLUS JAMAIS ...
AH OUI, ON ÉTAIT EN TRAIN DE PARLER DE TON MEC.
TU DISAIS QU'IL ÉTAIT BATTEUR DANS UN GROUPE ?
AH, OUI, OUI.
C'EST ÇA.
J'AI JOUÉ DANS UN DE LEURS CLIPS ET JE L'AI RENCONTRÉ SUR LE TOURNAGE ...
C'EST UN GROUPE PAS TROP CONNU, ALORS JE NE L'AVAIS JAMAIS VU AVANT.
ET ON N'A PAS ÉCHANGÉ PLUS DE DEUX TROIS MOTS.
IL N'EST PAS SI BEAU QUE ÇA.
PLUTÔT EFFACÉ ET PAS TRÈS FASHION ...
MAIS JE SUIS TOMBÉE AMOUREUSE ...

LES EMPLOYÉS DE M. RIKUDO SONT BIEN FORMÉS…
AU PREMIER ABORD, IL AVAIT L'AIR BOURRU, MAIS IL S'EST MONTRÉ ATTENTIF.
PAS COMME SOHTA, QUI N'A MÊME PAS REMARQUÉ MA COIFFURE.
JE M'EN FICHE…
TANT QU'IL RESTE UN BON CHOCOLATIER …
JE N'ESPÈRE RIEN DE PLUS…
HEEIN ?
ALORS ELLE EST MARIÉE, LA FILLE QUE TU AIMES ?
MAINTE-NANT…
OUI.

M. RIKUDO A UNE GRANDE ORIGINALITÉ.
JE SOUHAITE QU'À SON CONTACT, SOHTA PUISSE DONNER PLEIN ESSOR À SON TALENT.
...
MERCI BEAUCOUP POUR L'INVITATION.
ET TRANSMETTEZ MES REMERCIEMENTS À M. RIKUDO.
TENEZ.
C'EST UN PETIT CADEAU POUR TOUS LES INVITÉS.
AH, MERCI ...
VOS CHEVEUX.
ÇA VOUS CHANGE PAS MAL.
JE TROUVE ...
QUE ÇA VOUS VA BIEN.
POF
BONNE SOIRÉE.
ET MERCI DE CONTINUER À SOUTENIR M. RIKUDO.

HMM
HMM
OÙ EST PASSÉE KAORUKO ?
AH... VOUS ÊTES DE CHOCO LA VIE ...
M. RIKUDO SOUHAITAIT VOUS LE REMETTRE EN PERSONNE...
AH OUI ...
Je l'ai vu à la Saint-Valentin ...
BONJOUR ...
VOUS PARTEZ DÉJÀ ?
OUI.
J'AI ÉTÉ UN PEU ÉTOURDIE PAR LA FOULE...
...
C'EST LA VRAIE PERSONNALITÉ DE NOTRE CHEF...
MAIS IL N'A PAS MAUVAIS FOND.
JE SUIS DÉSOLÉ S'IL A FAIT QUELQUE CHOSE QUI VOUS A DÉPLU.
POF
HEIN... MAIS NON ! CE N'EST PAS DU TOUT ÇA, JE ME SUIS BIEN AMUSÉE !!

EN GROS, JE N'AI AUCUN SUCCÈS !!
C'EST LA SEULE VÉRITÉ QUI COMPTE !!
OUIIIN
HA HA HA
En fait, elle est mignonne !
PAF
MAIS CE N'EST PAS GRAVE.♡ MON BOULOT, C'EST DE PLAIRE AUX FILLES, ALORS PEU M'IMPORTE SI JE N'ATTIRE PAS LES MECS. ♡
OOH ! C'EST TRÈS PROFES-SIONNEL, ÇA !
JE SUIS SOUS LE CHARME. ♡
KYAH
KYAH
HOHOHO
HAHAHA
...

C'EST FACILE DE DIRE ÇA.
すっ STAP く
DANS CE CAS...
ENTRE LA FILLE QUE TU AIMES ET MOI, LAQUELLE TE FAIT LE PLUS D'EFFET ?
...
MOUAF
MOUAF
Sohta. ♥
MOUAF
TU ES BIEN MIEUX FOUTUE ET BIEN PLUS BELLE !
VLAAAAM
MAIS... JE SUIS ATTACHÉ À CELLE QUE J'AIME.
C'EST ÇA, OUI.
JE LE SAIS.
LES MECS NE ME TROUVENT AUCUN CHARME.
JE NE DOIS PAS SECRÉTER LA PHÉROMONE COMMUNE À TOUTES LES AUTRES FILLES...
HAA
EUH... AH ! ON EST INTIMIDÉS DEVANT LES FILLES TROP BELLES !
AAH... ON ME SORT SOUVENT CETTE EXCUSE...
J'y crois pas une seconde !!

ET OÙ EST PASSÉ SOHTA ?
SOHTA, TU ES VENU AVEC LES GENS DE TA BOUTIQUE ?
OUI.
ET TA COPINE ?
J'EN AI PAS.
AH BON ?
TU ES TROP OCCUPÉ POUR TOMBER AMOUREUX ?
DISONS QUE JE SUIS EN MODE AMOUR À SENS UNIQUE.
DEPUIS ...
ONZE ANS ?
Je m'étonne moi-même !! Déjà 11 ans depuis la seconde !!
OUAH !!
TU AS DE LA BOUTEILLE, SENPAI !
SENPAI ?
MOI AUSSI, JE SUIS EN MODE AMOUR À SENS UNIQUE.
MAIS ÇA NE FAIT QU'UN AN.
UNE FILLE COMME VOUS, UN AMOUR À SENS UNIQUE ?
Une camarade en amour...
JE T'EN PRIE, TUTOIE-MOI. ♡
MAIS UNE BELLE NANA COMME TOI DEVRAIT FAIRE TOMBER TOUS LES HOMMES, NON ?
QUOI QU'ON EN DISE, L'ASPECT PHYSIQUE COMPTE ÉNORMÉMENT !
C'est simple, un mec !

IL N'Y A QUE DES GENS DONT LA TÊTE ME DIT QUELQUE CHOSE, OU DES GENS DU SHOW-BIZ ...
JE NE SUIS VRAIMENT PAS À MA PLACE...
MAIS SI.♡ TU AS ÉTÉ INVITÉE COMME EUX. ♡
ON VA SE CHERCHER À MANGER LÀ-BAS ?
POUR-QUOI PAS ...
PAR-DON ...
MONSIEUR OLIVIER TRELUYER ?
OUI.
Enchanté !
JE SUIS KADOKURA, DE LA SOCIÉTÉ ISHIYAMA.
JE CONNAIS BIEN VOTRE PÈRE...
AH !
OUI, VOTRE NOM M'EST FAMILIER ! ENCHANTÉ !
JE VOUS REMERCIE DE TOUT CE QUE VOUS FAITES POUR MON PÈRE...
C'EST BIEN ÇA, JE NE SUIS PAS À MA PLACE !!
SI AU MOINS MATSURI AVAIT ÉTÉ LÀ...
ZOUUU

Bon-jour...
'Jour.
NON, ELENA !! NE FAIS PAS LES YEUX DOUX À SOHTA !!
HII !
DE TOUTE FAÇON, TU N'AS AUCUN SEX-APPEAL, ALORS ÇA NE MARCHERA PAS !!
TU EXA-GÈRES, RIKU !
MON-SIEUR RI-KUDO ...
JE N'AIME PAS TROP LES FILLES QUI DISENT DU MAL DES AUTRES. ♡
きゅん
BOBOM
MAIS NON, CE N'ÉTAIT PAS MÉ-CHANT. ♡
C'EST UNE COPINE MANNE-QUIN !
JE M'APPEL-LE ELENA KATO.
VOICI LE CHEF PÂTISSIER DE "CHOCO LA VIE", SOHTA KOYURUGI.
J'Y AI ÉTÉ L'AUTRE JOUR ! C'ÉTAIT DÉLICIEUX !
MERCI !
QUOI ! IL N'Y A PAS SI LONGTEMPS, TU DISAIS QUE MON CHOCO-LAT ÉTAIT LE MEILLEUR ! BITCH !
MON-SIEUR RIKUDO ...

SMAAACK
チュ
CLAP
パチ
CLAP
パチ
CLAP
パチ
JE N'EMBRAS-SERAI PLUS PERSONNE, AUJOURD'HUI !!
CLAP
パチ
CLAP
パチ
ATTENDS ...
MÊME SI JE LUI FAIS UNE BLAGUE POUR MON ANNI-VERSAIRE, JE NE CROIS PAS QUE SOHTA M'EMBRASSE-RAIT...
JE VAUX MOINS QU'UN HOMO ...
OOH ...
UNE BELLE PAIRE DE JAMBES.

TU ES LA SEULE FILLE QUE JE PEUX EMBRASSER SUR LA BOUCHE. ♡
TU ES BELLE ET ABSOLUMENT PAS FÉMININE !
HUM...
JE N'AI PAS L'IMPRESSION QUE CE SOIT UN COMPLIMENT...
AH !
BONSOIR !
MERCI POUR L'INVITATION ! ♡
SOHTA !!
J'AVAIS TELLEMENT ENVIE DE TE VOIR ! ♡
JOYEUX ANNIVERSAIRE.
MERCI ! MAIS JE NE ME CONTENTERAI PAS D'UN BOUQUET DE FLEUR.
ALLEZ, DONNE-MOI UN BISOU POUR CÉLÉBRER L'ÉVÉNEMENT !!
BON D'ACCORD, C'EST VRAIMENT PARCE QUE C'EST TON ANNIVERSAIRE !

RICOH
JE NE PEUX PAS...
LUI FAIRE D'INFIDÉLITÉ ...
»ÉPICÉ«
KYAAH !
RIKUU !♡ BON ANNIVERSAIRE ! ♡
MERCI, ♡ ELENA. ♡
SMAAACK

SAEKO ? TU N'EN ACHÈTES PAS ?
PAS AUJOURD'HUI...
C'EST RARE !

À LA MENTHE ?
JE CROIS …
ELLE RÉPÉTAIT QUE CHEZ LES BONS CHOCOLATIERS, LE CHOCOLAT ÉTAIT VRAIMENT DIFFÉRENT.
POURTANT, ELLE N'EST PAS SI FAN DE SUCRÉ QUE ÇA.
LA MENTHE …
DE SOHTA …
BOBOM
きゅん
SI VOUS AVEZ FAIT VOTRE CHOIX, JE SUIS À VOTRE DISPOSITION …

REGARDE, UN MAGASIN DE CHOCOLATS !
ON ENTRE ?
AH… OUI. ♡
TENEZ, UNE DÉGUSTATION…
DE NOTRE NOUVEAU PRODUIT.
Youpi ! ♡
C'EST BON ! ♡
IL EST DIGNE DE SA RÉPUTATION !
EUH… OUI…
Plutôt banal.
…
AU FAIT… J'AI UNE AMIE QUI M'A PARLÉ DE TON CHOCOLATIER…
TU SAIS, TON EX.
CHOCO LA VIE ?
OUI, C'EST ÇA !
MAIS CE N'EST PAS …
VOUS SORTIEZ ENSEMBLE, NON ? JE ME TROMPE ?
BON, EN TOUT CAS, LES CHOCOLATS QU'ELLE Y A ACHETÉS…
ELLE LES A TROUVÉS EXTRAORDINAIRES !
ÉVIDEMMENT !
LE CHOCOLAT DE SOHTA EST SPÉCIAL ! IL EST FORCÉMENT DÉLICIEUX !!
JE ME DEMANDE LESQUELS ELLE A ESSAYÉS. ♡
JE CROIS QUE C'ÉTAIT UN ASSORTIMENT BASIQUE …
ET DES TRUFFES À LA MENTHE.

Le soir... Un ami à voir.
À LA FOIS, TANT MIEUX ! ELLE, ELLE N'Y SERAIT VRAIMENT PAS À SA PLACE.
RICOH
SAEKO !
CLAC
PAS DE NOUVEAU MESSAGE

JE DOIS ME PERSUADER QU'ELLE REVIENDRA UN JOUR ...
MÊME SI CE N'EST PAS LE CAS.
C'EST SÛREMENT PARCE QUE TU PASSES TON TEMPS À TRAVAILLER.
DEMAIN, TU ES INVITÉ À LA FÊTE D'ANNIVER-SAIRE DE M. RIKUDO.
CE SERA SANS DOUTE DE TRÈS MAUVAIS G... EUH, TRÈS ORIGINAL ET ÇA TE CHANGERA LES IDÉES.
TU VIENDRAS AUSSI, TU SAIS ?
EUH, MOI... JE NE M'Y SENTIRAI PAS À MA PLACE.
MAIS IL NOUS A DIT "VENEZ TOUS ENSEMBLE !", ALORS TU DOIS VENIR !
MATSURI EST INVITÉE AUSSI ?
OUI... PAR CONTRE ...
ELLE NE VIENDRA PAS. IL PARAÎT QU'ELLE A UN AMI À VOIR, DEMAIN SOIR.
QU'EST-CE QU'ELLE EST BÊTE, CETTE FILLE. LA FÊTE DE M. RIKUDO A UN MILLION DE FOIS PLUS DE VALEUR QUE DES AMIS QU'ELLE PEUT VOIR TOUT LE TEMPS.
Aucun bon sens, ces gamins !

C'EST LE DÉSERT, DANS MA TÊTE...
JE N'AI RIEN QUI ME VIENT...
C'EST RARE.
D'HABITUDE, TU AS DES ÉCLAIRS DE GÉNIE ET TU TE DÉCIDES SUR LE COUP.
JE NE SUIS PAS TOUJOURS EN MODE CRÉATIF.
SAEKO NE VIENDRA PEUT-ÊTRE PLUS.
ET DANS CE CAS, ELLE N'Y GOÛTERA JAMAIS.
À CETTE IDÉE, TOUTE VISION ME QUITTE.
JE PERDS DE VUE MES PLANS DE CARRIÈRE.
POURTANT, MÊME SI ELLE NE REVIENT PLUS JAMAIS ICI...
JE DEVRAI CONTINUER À VENDRE ET CRÉER MES CHOCOLATS DANS CETTE BOUTIQUE.

ÇA VA AUSSI CHANGER LE CONTENU DE NOS ASSORTIMENTS.
J'AI HÂTE QU'IL SOIT EN MAGASIN, JE L'ADORE.
SI ÇA TE PLAÎT AUTANT, J'IMAGINE QU'IL SERA TRÈS BIEN ACCUEILLI PAR LES CLIENTS.
ÉVIDEMMENT ! IL AURA UN SUCCÈS FOU !
ET… TU SAIS QUEL ASPECT LUI DONNER ?
POUR LE MOMENT, TU L'AS LAISSÉ PAR DÉFAUT.
LISSE
HUM…
IL VA FALLOIR TROUVER UNE IDÉE… VOYONS…
ON A DÉJÀ BEAUCOUP DE VARIÉTÉS SUR LESQUELLES ON DESSINE DES LIGNES AVEC UNE FOURCHETTE.
ALORS CETTE FOIS, ON POURRAIT…
…
…
…

SOHTA, C'EST QUOI CETTE BOÎTE ?
AH.
UNE NOUVELLE RECETTE DE CARRÉS DE CHOCOLAT QUE J'AI TESTÉE CE MATIN.
JE VOULAIS VOUS LES FAIRE GOÛTER.
OOH
VOYONS ÇA.
CROC
CROC
MIAM !! C'EST DÉLICIEUX !!
IL Y A DES MORCEAUX DE CARAMEL CROQUANTS À L'INTÉRIEUR !!
LE CONTRASTE ENTRE LA DOUCEUR DU CHOCOLAT AU LAIT ET LA LÉGÈRE AMERTUME DU CARAMEL.
VOILÀ LE CONCEPT.
IL EST SUPER ! QUAND EST-CE QU'ON LE LANCE ?
MI-SEPTEMBRE, JE PENSE... LE CARAMEL FAIT PLUTÔT PENSER À L'AUTOMNE-HIVER.

LUI, IL EST NATUREL-LEMENT DU CÔTÉ OBSCUR !!
MERCI POUR LA LEÇON, MAÎTRE OLIVIER !!
J'AIMERAIS LUI AVOUER MES SENTI-MENTS ET L'ARRÊTER TOUT DE SUITE.
MAIS JE ME RÉ-FRÈNE.
C'EST ÇA, UN AMOUR À SENS UNIQUE.
... OUI ...
ÇA, JE COM-PRENDS.
JE PASSE MON TEMPS À ME RÉFRÉ-NER.
MAIS ALORS... CE N'ÉTAIT PAS Mme OKUMURA.
QUELLE PRINCESSE PEUT BIEN FAIRE SOUFFRIR LE PRINCE OLIVIER !!
Vivement la fin de ma journée !
J'espère que c'est pas une princesse soubrette à oreilles de chat d'Akihabara-land !
TRA LA LA

ALORS J'OBSERVE.
POUR LE MOMENT, ELLE FONCE TÊTE BAISSÉE ET ELLE EST INCAPABLE DE ME REMARQUER.
ELLE NE SE VOIT MÊME PAS ELLE-MÊME.
ELLE FINIRA PAR TRÉBUCHER ET SE FAIRE MAL.
TU NE FAIS QUE L'OBSERVER, ALORS QUE TU SAIS QU'ELLE SE FERA MAL ?
C'EST ÇA.
J'AURAI BEAU LA METTRE EN GARDE, SI ELLE NE SUBIT PAS ELLE-MÊME LA DOULEUR, SES SENTIMENTS NE CHANGERONT PAS…
ET PUIS LÀ, SON ESPRIT EST COMPLÈTEMENT OCCUPÉ PAR UN AUTRE. ALORS QUITTE À LUI TENDRE LA MAIN…
J'AURAI PLUS DE CHANCE QU'ELLE LA PRENNE APRÈS SA CHUTE, QUAND ELLE SERA BLESSÉE…

ÇA VA, SOHTA ? QU'EST-CE QU'IL Y A ?
NON... EUH... BEN...
BONJOUR !
JE ME DEMANDAIS COMMENT ÇA SE PASSAIT.
"ÇA" ?
CELLE... DONT TU ES AMOUREUX ?
J'OBSERVE.
TU OBSERVES ?
ELLE EST INACCESSIBLE AU POINT DE METTRE OLIVIER EN STAND-BY ?!
TU NE LE LUI DIS PAS ?
EUH... ELLE EST MARIÉE ?
PAS MARIÉE ...
MAIS CASÉE AVEC UN AUTRE.
JE SUIS SÛR QUE C'EST UN SALE TYPE.

ÇA FAIT MAL, L'AMOUR À SENS UNIQUE.
UNE FEMME QUI MET OLIVIER DANS CET ÉTAT…
JE VEUX SAVOIR QUI C'EST !!
HUMPF HUMPF
HUMPF
MAIS JE NE VEUX PAS LE FORCER À ME L'AVOUER S'IL NE TIENT PAS À ME LE DIRE…
DÉPRIMÉ…
CES DERNIERS TEMPS, IL N'Y A PAS TANT DE FEMMES QUE ÇA DANS SON ENTOURAGE.
HUUUM
DÉMORALISÉ…
AH…
Mme OKUMURA, DU QUARTIER HUPPÉ DE SHIROKANE, QUI NOUS COMMANDE PARFOIS DES ENTREMETS !
ELLE FAIT TRÈS BOURGEOISE, SEXY, BELLE, ET ELLE PARLAIT PAS MAL AVEC OLIVIER…
UN AMOUR À SENS UNIQUE POUR UNE FEMME MARIÉE PLUS ÂGÉE !
LÀ, IL Y A DE QUOI VERSER DES LARMES !!
OUI OUI
Oh ? C'est pareil que moi !
L'anime de ce soir.
YOUPI YOUPI
Ça va être une belle journée !

À CE SOIR.
choco la vie
HMM
HMM
...

DANS CE MONDE, LA PLUPART DES CHOSES APPARTIENNENT À QUELQU'UN.
C'EST NORMAL QU'ON DOIVE SE LES DISPUTER.
TU N'Y PEUX RIEN.
S'IL VEUT QUITTER SA COPINE POUR TOI, C'EST BIEN.
...
MAIS FAIS ATTEN-TION.
TAC
LES HOMMES ONT TENDANCE À NE PAS TENIR CE GENRE DE PROMESSES.

IL A DIT QU'IL QUITTERAIT SA COPINE ...
OH.
C'EST BIEN, ÇA.
BIEN... TU CROIS ?
ÇA VEUT DIRE QUE TU COMPTES PLUS QU'ELLE, POUR LUI.
C'EST UNE BONNE CHOSE, NON ?
...
MAIS ME RÉJOUIR PARCE QU'IL VA LARGUER UNE AMIE À MOI ...
C'EST ...
C'EST NUL...
LA FAUTE ME REVIENT, PUISQUE JE PERSISTE À RESTER AVEC LUI TOUT EN SACHANT QUE JE LA BLESSE.
JE NE SUIS QU'UNE HYPOCRITE.

C'ÉTAIT PLUS FACILE QUAND J'ÉTAIS À PARIS.
LÀ, JE ME TROUVE TELLEMENT PRÈS D'ELLE …
QUE JE SUIS OBLIGÉ DE ME RENDRE COMPTE DE CETTE DISTANCE QUI NOUS SÉPARE.
MATSURI …
OUI ?
ÇA SE PASSE BIEN AVEC TON COPAIN ?
AH …
…
HUM ?

J'AURAIS L'AIR UN PEU BÊTE, APRÈS TOUT CE TEMPS, MAIS JE DEVRAIS PEUT-ÊTRE LUI ENVOYER UN MESSAGE, MINE DE RIEN ?
JE NE TE VOIS PLUS CES DERNIERS TEMPS. ÇA VA ? ESSAIE DE PASSER AU MAGASIN, SI TU PEUX ! JE T'ATTENDS. ♡♡
LES TRUFFES À LA MENTHE NE SONT DISPOS QUE JUSQU'À LA FIN DU MOIS, ALORS DÉPÊCHE-TOI !
UN DE CE GENRE-LÀ... ♡
...
NON, ON DIRAIT UNE ESCORT-GIRL QUI RELANCE SON CLIENT ...
...
SEUL DANS MON COIN, JE RUMINE ÇA TOUS LES JOURS COMME UN IDIOT.
ALORS QUE SAEKO DOIT MENER UNE VIE HEUREUSE AVEC SON MARI.

LA VRAIE SAEKO N'EST JAMAIS REVENUE AU MAGASIN DEPUIS.
ET PLUS D'UN MOIS S'EST ÉCOULÉ.
C'EST PARCE QUE JE N'AI PAS RÉPONDU À CE MESSAGE INCOMPRÉHENSIBLE ?
POURTANT, ÇA FAIT DÉJÀ PAS MAL DE TEMPS QUE J'AI LANCÉ LES TRUFFES À LA MENTHE, EN SÉRIE LIMITÉE.
ET SAEKO ADORE LA MENTHE.
EN JUILLET, ELLES VONT ÊTRE REMPLACÉES PAR LES MANGUE & ORANGE & CITRON...
BON, J'EN SUIS TOUT AUSSI FIER, MAIS...
ELLE NE VEUT PAS DE CELLES À LA MENTHE ?

MOUAF MOUAF
AAH...
JE SUIS UN PUR GÉNIE.
MOUAF
FWAAAH
AAH, QU'EST-CE QUE J'EN AI À FAIRE DE LA RÉALITÉ ? JE VEUX RESTER ENDORMI POUR TOUJOURS. ♡

Chapitre 6

Chapitre 6
BONJOUR, SOHTA...
BONJOUR, SAEKO. ♡
TU DORMAIS COMME UN BÉBÉ.
!!
TU ME REGARDAIS DORMIR ?!
C'est pas sympa !
HA HA HA.
AH LA LA.
J'AI PASSÉ LA NUIT CHEZ TOI.
EH OUI.
C'EST TON PREMIER ADULTÈRE ?
OUI ! TU ES LA PREMIÈRE PERSONNE AVEC QUI JE FAIS ÇA, SOHTA !
TON PREMIER HOMME...
ALORS JE DOIS EN ASSUMER LA RESPONSABILITÉ. QU'EST-CE QUE TU VEUX DE MOI ? ♡
DANS CE CAS, MON CHER CHOCOLATIER...
CRÉE POUR MOI UN CHOCOLAT AVEC DES MORCEAUX DE CARAMELS CROQUANTS ET LÉGÈREMENT AMERS. ♡

Bien sûr...
choco la vie

TON AMOUR ...
EST DOULOUREUX AU POINT DE TE FAIRE PLEURER ?
ÇA FAIT MAL, L'AMOUR À SENS UNIQUE.
MAIS JE SUIS HEUREUX D'AIMER QUELQU'UN.
TOI, SOHTA ...
TU DOIS ME COMPRENDRE.

SOHTA …
JE SUIS …
…
DE QUI ?
AMOUREUX.
OU PLUTÔT …

QU'EST-CE QUE TU RACONTES ?! JE TROUVE QUE TU TE DÉNIGRES UN PEU TROP !
Mais !
BON-JOUR !
BON-JOUR, OLIVIER.
BON, JE VAIS ME CHANGER.
OLIVIER, VIENS GOÛTER, TOI AUSSI.
CITRON ...
OUI OUI.
NOM
Pas mal.
ESSAIE AUSSI LES AUTRES.
J'AI FAIT EXPRÈS DE LEUR DONNER LE MÊME ASPECT, MAIS LES PARFUMS SONT...

...
JE VOIS ...
TROIS GOÛTS DANS UN SACHET, C'EST GÉNÉREUX, COMME PROPOSITION.
EN ÉTÉ, LES GENS ONT TENDANCE À ÉVITER LES CHOCOLATIERS.
QUAND ON NOUS DÉLAISSE ...
IL FAUT LES ATTIRER AVEC D'AUTRES D'APPÂTS.
TU SAIS ...
JE RÉFLÉCHISSAIS À TA QUESTION ...
CE QUE JE CHERCHE À FAIRE AVEC SAEKO...
ÇA ME FERAIT PLAISIR QU'APRÈS AVOIR EXPÉRIMENTÉ PLEIN DE CHOSES ...
ELLE SE TOURNE VERS MOI EN SE DISANT: "FINALEMENT, C'EST PEUT-ÊTRE LUI LE BON ?"
IL EST POSSIBLE QUE L'ON SOIT DÉJÀ À UN ÂGE TRÈS AVANCÉ ...
MAIS J'AIMERAIS LUI DIRE : "LAISSE-MOI PRENDRE SOIN DE TOI" OU "RESTE JUSTE À MES CÔTÉS" ...
C'EST CE QUE J'AI PENSÉ !
MAIS PEUT-ÊTRE QU'EN RÉALITÉ, JE VEUX JUSTE TIRER MON COUP !! JE ME POSE VRAIMENT LA QUESTION !!
AH !...
ARGH, NON, UN MEC BIEN NE DIT PAS CE GENRE DE CHOSES DEVANT UNE FEMME.
Je suis loin d'être un vrai prince du chocolat.
PAS GRAVE ...
JE NE COMPTE PAS POUR UNE FEMME.

BONNE IDÉE.
COMMENT TU EN ES VENU AUX AGRUMES ?
L'AMOUR À SENS UNIQUE EST ACIDE COMME LE CITRON.
LA JOIE, LA COLÈRE, LA PEINE, LE PLAISIR.
TOUS CES SENTIMENTS GÉNÈRENT QUELQUE CHOSE...
MAIS C'EST LA PEINE QUI EST LA PLUS EFFICACE.
C'EST ELLE QUI STIMULE LE PLUS LA CRÉATIVITÉ.
UN CŒUR TRISTE ET BLESSÉ...
CHERCHE À TOUT PRIX LE BONHEUR, OÙ QU'IL SOIT.

BON-JOUR !
BONJOUR... TU ES BIEN MATINAL.
J'AI EU UN ÉCLAIR DE GÉNIE HIER SOIR, EN RENTRANT...
ET J'AI FAIT UNE NUIT BLANCHE.
GOÛTE ÇA.
MNOM
...
MAN-GUE.
OUI.
TU Y AS CHANGÉ QUELQUE CHOSE ?
NON.
PRENDS-EN UNE AUTRE.
MNOM
OH ? CELLE-LÀ EST AU CITRON.
OUI.
MNOM
OH ?
À L'ORANGE !
POUR L'ÉTÉ, JE PENSE PROPOSER UN MIX DE TROIS TRUFFES.
UNE ULTRA DENSE À LA MANGUE, UNE FRAÎCHE AU CITRON...
ET UNE DERNIÈRE À L'ORANGE, QUI FERAIT LE LIEN ENTRE LES DEUX AUTRES...
EN SE DEMANDANT: "DE QUEL GOÛT SERA LA SUIVANTE" ?
JE PENSE QU'ON EST AMENÉ À FINIR LE SACHET ASSEZ VITE.

HSSH
J'AI UNE SUPER IDÉE...
choco la vie
CLIC
OH ?

IL N'Y A PERSONNE ?
QUELQU'UN …
N'IMPORTE QUI, DU MOMENT QUE CE N'EST PAS ELLE …
JE VEUX TOMBER AMOUREUX DE QUELQU'UN D'AUTRE…

JE SUIS SEUL.

EN RÉALITÉ, TOUT ÉTAIT DÉJÀ FINI.
J'AI TOUJOURS ÉTÉ SEUL SUR LE RING.
QUE JE SOIS AVE OLIVIER.
QUE JE SOIS AVEC KAORUKO...
QUE J'AIE UNE BOUTIQUE...
QUE J'AIE DES CLIENTS...
JE RESTE SEUL.

J'AI ÉTÉ RIDICULE DE VOULOIR M'ESSAYER AU JEU DE LA SÉDUCTION.
JE N'AI PERSONNE CONTRE QUI JOUER...
ET D'AILLEURS, LA BATAILLE EST FINIE DEPUIS LONGTEMPS.
SAEKO EST UNE FEMME MARIÉE.
JE NE FAIS QUE TRAÎNER UN AMOUR À SENS UNIQUE DEPUIS LE LYCÉE.
J'AI ESSAYÉ DE ME LIER À ELLE...
ET C'EST ELLE QUI A GENTIMENT ACCEPTÉ D'ENTRETENIR CE LIEN.
ELLE NE VIENDRA PEUT-ÊTRE PLUS JAMAIS AU MAGASIN.
SANS MES CHOCOLATS, SAEKO N'EN MOURRA PAS POUR AUTANT.
ET MA BOUTIQUE TOURNERA BIEN SANS ELLE.
choco la vie

"D'APRÈS TOI, SAEKO NE S'INTÉRESSE ABSOLUMENT PAS À TOI. SI TU SAIS ÇA, QU'EST-CE QUE TU CHERCHES À FAIRE DE PLUS ?
D'AILLEURS, ELLE EST DÉJÀ MARIÉE, POINT FINAL."
OBSERVONS LES CERISIERS.
SI JE REGARDE EN BAS, MON CŒUR RISQUE DE FAIBLIR.

VAS-Y.
FAIS ATTENTION À TOI.

ALORS QUE TU VAS VOIR QUELQU'UN QUE TU AIMES ...
TU FAIS CETTE TÊTE-LÀ ...
MATSURI ...
TU ME FAIS PITIÉ.

TU ES VRAIMENT GENTIL, OLIVIER.
TOI, TU ES VRAIMENT ...
UNE PERSONNE BIEN.
UN VRAI PRINCE.
TU ME FAIS PITIÉ, MATSURI.

CLIC
TU POURRAS DIRE À MAMAN QUE JE SUIS ALLÉE DORMIR CHEZ MA COPINE AYU ?
À PLUS.
TU PRENDS LE TRAIN ? JE T'ACCOMPAGNE JUSQU'À LA GARE.
ÇA IRA.
MAIS IL EST DÉJÀ TARD. UNE FILLE SEULE…
ÇA VA, LAISSE-MOI TRANQUILLE !
QUAND TU TE MONTRES GENTIL, J'AI L'IMPRESSION DE SUBIR DES REPROCHES !
…
PARDON …
JE SUIS DÉSOLÉE.

MOI AUSSI, JE VEUX LE VOIR ...
JE N'ARRÊTE PAS DE PENSER À LUI.
C'EST NUL.
JE SUIS VRAIMENT HORRIBLE.
J'ARRÊTERAI UN JOUR.
JE TE LE PROMETS.
MAIS LÀ, C'EST IMPOSSIBLE.

TU VAS VOIR TON FAMEUX COPAIN ?
...
IL M'A DIT : "MA COPINE EST PARTIE, TU N'AS QU'À PASSER"...
C'EST INCROYABLE, NON ?
QUEL SALAUD.
"JE VEUX TE VOIR."
"JE N'ARRÊTE PAS DE PENSER À TOI."
IL ME RÉPÈTE SANS CESSE CE GENRE DE CHOSES... ÇA CRAINT, HEIN ?

BONS...
OH.
MATSURI ...
TU SORS ? À CETTE HEURE ?
OUI... J'AI À FAIRE ...

MAIS POUR L'INSTANT, JE N'AI CROISÉ PERSONNE DE CE GENRE !!
C'EST TOUT !!
RAAH, MAIS !!
POF
CLAANG
NE TE DÉFOULE PAS SUR LES OUTILS DE TRAVAIL !!
BAM
PAUVRE MINABLE ! ET TU TE PRÉTENDS CHEF !!!
REGARDE LE VISAGE TRISTE DE KAORUKO, TOUT ÇA PARCE QUE TU ES UN BON À RIEN !!
PAF
PAF
PAF
Je vais te reprendre la boutique, crétin !!
Calmez-vous, monsieur le père !

D'APRÈS TOI, SAEKO NE S'INTÉRESSE ABSOLUMENT PAS À TOI. SI TU CROIS ÇA ...
SI TU SAIS ÇA ...
QU'EST-CE QUE TU CHERCHES À FAIRE DE PLUS ?
D'AILLEURS, ELLE EST DÉJÀ MARIÉE, POINT FINAL.
MAIS TU N'AS D'YEUX QUE POUR CETTE SAEKO.
POURQUOI TU PERSISTES À VOULOIR QUELQU'UN AVEC QUI TU N'AS AUCUNE CHANCE ?!
MAIS NON, JE REGARDE AILLEURS AUSSI...
ET JE NE M'OBLIGE PAS À RESTER AMOUREUX D'ELLE.
JE LAISSE MON CŒUR OUVERT À TOUTES LES RENCONTRES, ET S'IL Y A UNE FILLE QUI M'INTÉRESSE, JE L'AIMERAI ET SI ÇA MARCHE BIEN, JE SORTIRAI AVEC !
JE N'ATTENDS QUE ÇA !!

SI... C'EST CE QUE TU PENSES...
SI TU LE PENSES VRAIMENT...
ALORS QUEL EST TON BUT ?

POURQUOI...
ÇA NOUS ARRIVE À TOUS DE TENDRE CE GENRE DE PIÈGE... NON ?
OUI.
MAIS TU NE LE FAIS QU'ENVERS QUELQU'UN QUI T'INTÉRESSE.
SAEKO N'A AUCUNE RAISON DE ME TESTER.
JE SUIS TRANSPARENT À SES YEUX.
ELLE N'A JAMAIS ÉTÉ INTÉRESSÉE PAR MOI.
AU MIEUX, ELLE DEVAIT SE DIRE "SI JE CASE DEUX AMIS ENSEMBLE, CE SERA AMUSANT D'ÉCOUTER LEURS HISTOIRES." ♡
ELLE SE FICHE VRAIMENT DE MOI.
HEIN...
MAIS...

SOHTA, TU BROIES DU NOIR, CES DERNIERS TEMPS !
C'EST PARCE QUE SAEKO N'EST PLUS REVENUE DEPUIS L'AUTRE JOUR ?
...
AARGH !
TU POURRAIS TE MONTRER UN PEU PLUS DÉLICAT !!
LA CONNAISSANT, ELLE FINIRA PAR REPASSER COMME SI DE RIEN N'ÉTAIT !
JE NE CROIS PAS QU'ELLE SOIT SUSCEPTIBLE AU POINT DE SE FÂCHER POUR SI PEU !
AVANT DE SAVOIR SI ELLE VIENDRA OU NON...
IL Y A UN PROBLÈME PLUS FONDAMENTAL...
AH... HUM...
MAIS TU VOIS...
LE TRUC DE LA DERNIÈRE FOIS...
C'ÉTAIT PEUT-ÊTRE POUR TE TESTER ?
ELLE VOULAIT SANS DOUTE VOIR COMMENT TU RÉAGIRAIS, SI ELLE TE PROPOSAIT DE TE PRÉSENTER UNE COPINE.
HEIN ?
POURQUOI ELLE FERAIT ÇA ?

choco la vie
ELLES ÉTAIENT BONNES, CES TRUFFES À L'ABRICOT.
IL PARAÎT QU'ELLES NE SONT DISPOS QUE JUSQU'À LA FIN DU MOIS.
NOOON, JE M'EN RACHÈTERAI EN PARTANT, ALORS.
JE ME DEMANDE CE QU'ON AURA LE MOIS PROCHAIN. J'AI HÂTE D'Y GOÛTER. ♡

J'IMAGINE QUE C'ÉTAIT DES EXCUSES À SA MANIÈRE.
J'Y PIGE RIEN.
La princesse du chocolat ? Elle l'envie ? Hein ??
ÇA M'A ÉNERVÉ, ALORS JE L'AI IGNORÉE.
DE TOUTE FAÇON, JE NE SAIS PAS QUOI LUI RÉPONDRE.
ET PUIS UNE RÉACTION TROP SPONTANÉE RISQUERAIT DE ME RABAISSER.
JE ME SENS MITIGÉ.
SI JE M'ÉCOUTAIS, JE LUI DÉBALLERAIS TOUS MES SENTIMENTS SUR-LE-CHAMP...
ET JE FONCERAIS TÊTE BAISSÉE...
POUR LE MOMENT ...
JE DOIS FAIRE PREUVE DE PATIENCE.

MAIS QUAND JE SUIS FACE À CE GENRE DE COMPORTEMENT...
JE SUIS OBLIGÉ D'ADMETTRE QU'ELLE N'EN A ABSOLUMENT RIEN À FAIRE DE MOI...
AURAIS-JE ÉTÉ TROP BRUSQUE ?
MÊME SI J'AI ÉTÉ BLESSÉ, JE N'AURAIS PEUT-ÊTRE PAS DÛ AVOIR UNE RÉACTION AUSSI IMMATURE.
AURAIS-JE DÛ PESER UN PEU PLUS MES MOTS ?
JE NE SUIS PAS HABITUÉ À CE GENRE DE SITUATION.
JE N'AI AUCUNE IDÉE...
DE JUSQU'OÙ JE PEUX ALLER.
APRÈS LE TRAVAIL, J'AI VU QUE J'AVAIS REÇU UN MESSAGE DE SAEKO SUR MON PORTABLE.
UIS VRAIMENT DÉSOLÉE
T'AVOIR DÉRANGÉ ALORS
E TU ÉTAIS OCCUPÉ...
LA PROCHAINE FOIS, JE
FERAI PLEIN D'ACHATS POUR
ME FAIRE PARDONNER.
ET PUIS ÇA ME DÉMANGE TOUJOURS DE SAVOIR COMMENT EST LA FILLE DONT TU M'AS PARLÉ !! ♡♡♡
SI ELLE DEVIENT LA PETITE AMIE DU PRINCE DU CHOCOLAT, ELLE SERA LA PRINCESSE DU CHOCOLAT. ♡ JE L'ENVIE !!
JE NE VOYAIS PAS OÙ ELLE VOULAIT EN VENIR.

LE COURANT PASSAIT BIEN AVEC KAORUKO, TOUT À L'HEURE, NON ?
HÉ !!
ÉVIDEMMENT QUE ÇA PASSE !
C'EST UNE PRÉCIEUSE MEMBRE DE NOTRE ÉQUIPE.
NE PLAISANTE PAS AVEC ÇA.
N'EST-CE PAS ? KAORUKO !
HEIN…
AH…
MAIS NON…
JE SUIS ASSEZ VIEILLE POUR NE PAS PRENDRE CE GENRE DE PLAISANTERIE AU PIED DE LA LETTRE.
NE TE FAIS PAS DE SOUCI POUR MOI…
JE ME SUIS TOUJOURS INTERDIT LES FAUX ESPOIRS.
JE CROIS ÊTRE PARFAITEMENT CONSCIENT DU TYPE DE FEMME QU'EST SAEKO.
choco la vie

SAEKO ÉTAIT TOUTE TRISTE.
AH BON.
Tristoumiaou
SI ELLE AVAIT DES OREILLES DE CHAT, ELLES SERAIENT COMME ÇA.
À plat.
Comme un scottish fold.
AH BON ?!
C'EST QUI LA PERSONNE AVEC QUI LE COURANT PASSE ?
C'EST UNE PURE INVENTION DE MA PART !
DE LA MISE EN SCÈNE.
DU BLUFF.
JUSTE DE L'ORGUEIL !
J'AI FAIT MON FIER !!
...

TU AS RAISON ...
JE SUIS DÉSOLÉE ...
BON ...
ALORS... JE VAIS RENTRER.
À BIENTÔT.
CLAC

ALORS JE NE SUIS PAS TROP D'HUMEUR À ALLER VOIR AILLEURS …
ET CE SERAIT AUSSI MAL VENU ENVERS TON AMIE.
… D'AC-CORD …
ET PUIS …
QUAND IL Y A DES CLIENTS …
TU POURRAIS ÉVITER CES SUJETS TRÈS INTIMES ?
NOUS SOMMES DANS UN MAGASIN.
ÇA N'EN A PEUT-ÊTRE PAS L'AIR…
MAIS C'EST UN LIEU DE TRAVAIL, ICI.

ET ALORS, C'EST QUI, CETTE PERSONNE ? ALLEZ, DIS-MOI !
Je suis curieuse !
AH BON...
HÉÉ...
EST-CE QUE CE SERAIT...
QUELQU'UN QUE TU NE CONNAIS PAS.
ET JE NE VOIS PAS POURQUOI ÇA T'INTÉ-RESSERAIT.

EUH …
JE …
MERCI BEAU-COUP !
JE N'AI PAS DE PETITE AMIE OFFICIELLE …
MAIS IL Y A QUELQU'UN QUI M'INTÉ-RESSE…
ET AVEC QUI LE COURANT COMMENCE À PASSER.
ALORS …
JE NE PEUX PAS ACCEPTER CE GENRE DE RENCONTRE …

UNE AMIE ...
M'A DEMANDÉ DE TE PRÉSENTER À ELLE.
ELLE EST JOLIE. TU NE VOUDRAIS PAS LA RENCONTRER ?
QU'EST-CE QUE TU EN DIS ?

SOHTA...
EN CE MOMENT... TU ES AVEC QUELQU'UN ?
...
NON...
MAIS...
C'EST VRAI ? TANT MIEUX. ♡
DANS CE CAS...
EST-CE QUE TU POURRAIS TE LIBÉRER UN MOMENT...
QUAND ÇA T'ARRANGERA ?
SI TU VEUX...
POURQUOI ?
QU'EST-CE QUI SE PASSE ?
HEIN ? HEIN ??

CLIC
Celui-là a l'air trop bon !
Alors lequel ?
BONJOUR.
AH... SAEKO, VOUS ALLEZ BIEN ?
BONJOUR ! ♡
EUH... JE VOUDRAIS PARLER À SOHTA.
OUI ?
SOHTA !
JE PEUX TE PARLER... UN INSTANT ?
QU'EST-CE QUI T'ARRIVE, SAEKO ?
Bonjour.
DÉSOLÉE DE TE DÉRANGER.
CE N'EST PAS GRAVE.
QU'EST-CE QUI SE PASSE ?
C'EST QUE...
EUH...
MA QUESTION VA PEUT-ÊTRE TE PARAÎTRE BIZARRE MAIS...
OUI ?

...
BLUUSH
MERCI, VAS-Y, CONTINUE. ♡
Flatte-moi !
QUAND TU ME LE DIS, JE ME CROIS CAPABLE DE LE DEVENIR. ♡
C'est très facile, avec moi.
MAIS TU RISQUES DE DONNER DE FAUX ESPOIRS À MON PÈRE.
IL N'ARRÊTE PAS DE DIRE QU'IL TE VEUT COMME BELLE-FILLE.
HEIN ...
MAIS ...
BLUUSH
JE LUI RÉPÈTE POURTANT QU'UNE FEMME AUSSI BELLE ET AUSSI DOUÉE QUE TOI NE PEUT PAS S'INTÉRESSER À MOI.
Il rêve, le vieux.
...
MAIS VOUS ALLEZ PLUTÔT BIEN ENSEMBLE.
AH OUI ?
HÉ !! QU'EST-CE QUE TU RACONTES, ARRÊTE !!
OH ! BONJOUR ...
CLIC

TU CROIS QUE JE POURRAIS POTENTIEL-LEMENT T'INTÉRES-SER ?
EUH... BEN...
JE NE SAIS PAS ...
JE ME DEMANDAIS SI POUR SAEKO, JE RESTERAI TOUJOURS UN PETIT FRÈRE ...
UN PETIT JEUNE SANS INTÉRÊT...
MAIS NON !
TU AS DU TALENT, TU ES BEAU ET ON T'APPELLE LE PRINCE DU CHOCOLAT !!
MAIS ÇA NE TE MONTE PAS À LA TÊTE ET TU RESTES GENTIL !!
TU ES ASSEZ INTELLIGENT POUR REPÉRER CE QU'IL FAUT ET TU FAIS PLEIN D'EFFORTS ! QU'EST-CE QU'IL Y A DE MAUVAIS CHEZ TOI ?!
SI J'ÉTAIS À SA PLACE, J...

JE TE L'AI DIT, MATSURI.
TU ES UNE FILLE BIEN.
choco la vie
DIS, KAO-RUKO ...
QU'EST-CE QUE TU PENSES D'UN MEC PLUS JEUNE, COMME MOI ?
HEIN ?!

MESSAGE ENVOYÉ
TU SAIS …
CE DONT JE T'AI PARLÉ… L'AUTRE FOIS… LE MEC… D'UNE COPINE…
JE L'AI QUITTÉ.
C'EST NUL, UN MEC QUI SORT AVEC DEUX FILLES À LA FOIS.
ET PUIS …
QUAND JE PENSE À ELLE… JE…
ALORS …

HUM... MAIS ...
LES TRUFFES DU MOIS ONT POUR BUT D'INCITER À L'ACHAT UNE PREMIÈRE FOIS SUR L'IDÉE : "UNE NOUVELLE SÉRIE LIMITÉE !" ET UNE DEUXIÈME SUR : "IL FAUT QUE J'EN ACHÈTE AVANT QU'ELLE DISPARAISSE !".
UN AVIS COMME "LOURD ET LASSANT" ...
JE NE PEUX PAS LE LAISSER PASSER ...
BONNE NUIT !
BONNE NUIT, OLIVIER.
TIENS, MATSURI, TU N'ES PAS ENCORE COUCHÉE ?
SI, SI... APRÈS CE TEXTO, J'Y VAIS... ET TOI ?
JE RE-GARDE UN ANIME QUI COMMENCE BIENTÔT ET JE VAIS ME COUCHER APRÈS. ♡
LE JAPON, C'EST VRAIMENT LE PARADIS ! AUTANT D'ANIME QUI PASSENT À LA TÉLÉ CHAQUE NUIT ! J'AI VRAIMENT BIEN FAIT DE VENIR ICI. ♡
Je suis heureux d'être un otaku !
AH... OUI.

D'ACCORD. ♡
ALORS, À BIENTÔT. ♡
CLAC
...
CE N'ÉTAIT PAS UNE MANIÈRE DÉTOURNÉE DE ME DIRE "SORS AVEC MOI ?!"♡
QU'EST-CE QUE TU EN PENSES ?!
RIEN DU TOUT ...
HAa
NON, CE N'EST PAS POSSIBLE, ELLE A JUSTE FAIT CETTE REMARQUE POUR ALIMENTER LA CONVERSATION.
JE NE DOIS SURTOUT PAS M'IMAGINER DES CHOSES.
TRAUMATISÉ
OCCUPONS-NOUS PLUTÔT DE CES TRUFFES À LA MANGUE.
TU N'AS PEUT-ÊTRE PAS BESOIN DE TE PRENDRE LA TÊTE, NON ? C'EST UNE QUESTION DE GOÛT PERSONNEL.

HUM... MAIS AT-TENDS...
CE CÔTÉ COLLANT PEUT AVOIR SON CHARME...
CE SERAIT DOMMAGE QU'IL DEVIENNE TROP LIGHT ...
Hmmm...
MAIS DÉCIDE-TOI !!
Collant ? Tu parles de moi ? Hein, c'est moi ?!
C'était très bon.
OH... DÉSOLÉE, JE DOIS Y ALLER.
J'AI UN CINÉ, APRÈS.
À BIENTÔT, FAIS AT-TENTION À TOI.
SOHTA ...
TU ES TRÈS OCCUPÉ AVEC TON TRAVAIL, NON ?
HEIN ?
OUI, PAS MAL.
MAIS C'EST UNE BONNE CHOSE.
TU AURAIS LE TEMPS DE SORTIR UN PEU ?
OUI ...
JE POUR-RAIS.
AUX JOURS DE FER-METURE, PAR EXEMPLE ...

CE N'EST PAS GRAVE, IL N'Y A PAS D'AUTRES CLIENTS.
SON "PETIT AMITIÉ" !! AAAH, ELLE EST TROP MIGNONNE, UN VRAI ANGE... UN VRAI DÉMON !!
TIENS, C'EST UN ESSAI DES TRUFFES DU MOIS POUR CET ÉTÉ. TU VEUX BIEN Y GOÛTER ?
JE PEUX ? MERCI. ♡
Super !
J'y vais !
MOM
...
À LA MANGUE ! TROP BON. ON SENT BIEN LA FRAÎCHEUR DE LA MANGUE À L'INTÉRIEUR ! ♡
Riche et dense !
MOM
MOM
...
MAIS... LES TRUFFES, IL Y EN A BEAUCOUP DANS UN SACHET.
OUI, 190 GRAMMES.
C'EST DENSE ET GOÛTU...
MAIS UN PEU LOURD... À FORCE, ÇA POURRAIT ÊTRE LASSANT ?
LOURD !
LASSANT !
GLOUPS !
C'EST DE MOI QU'ELLE PARLE, LÀ ?!
AH ! MAIS CE N'EST PEUT-ÊTRE PAS LE CAS POUR QUELQU'UN QUI ADORE LA MANGUE...
MOI, J'AIME BIEN ÇA, MAIS ELLE N'EST PAS EN HAUT DE MON PALMARÈS DES ALIMENTS PRÉFÉRÉS.
PAR CONTRE, IL Y A BEAUCOUP DE FANS DE MANGUE.
OUI, LES JAPONAIS EN SONT PLUTÔT FRIANDS.
MAIS... TU AS RAISON.
JE DEVRAIS PEUT-ÊTRE L'ALLÉGER UN PEU, VU QU'IL S'AGIT D'UN PRODUIT POUR L'ÉTÉ.

HEIN ?!
MAIS QUAND IL FAIT FROID, ON SE COUVRE !! ELLE EST VRAIMENT CRUCHE CETTE FILLE, OU QUOI ?!
LE SOIR, SI TU GRELOTTES EN SORTANT DU RESTAU, LE MEC PEUT TE PRÊTER SA VESTE.
Ça peut être un premier pas ! ♡
!!
JE N'Y AI JAMAIS PENSÉ...
CETTE FILLE EST UN GÉNIE !!
C'EST ÇA, LA DIFFÉRENCE ENTRE UNE FILLE QUI S'EST MARIÉE À 26 ANS, ET CELLE QUI NE L'EST TOUJOURS PAS À 32 ?!
OUI ! N'EN FAIS PAS TROP NON PLUS.
AMUSE-TOI BIEN. ET SURTOUT, GARDE LE SOURIRE ! ♡
TU ME RACONTERAS. ALLEZ, À PLUS ! ♡
CLIC
AH ...
PARDON, SOHTA, D'AVOIR TÉLÉPHONÉ À L'INTÉRIEUR ...
MAIS JE NE VOULAIS PAS SORTIR EN LAISSANT MON PETIT "AMITIÉ" À MOITIÉ ENTAMÉ...

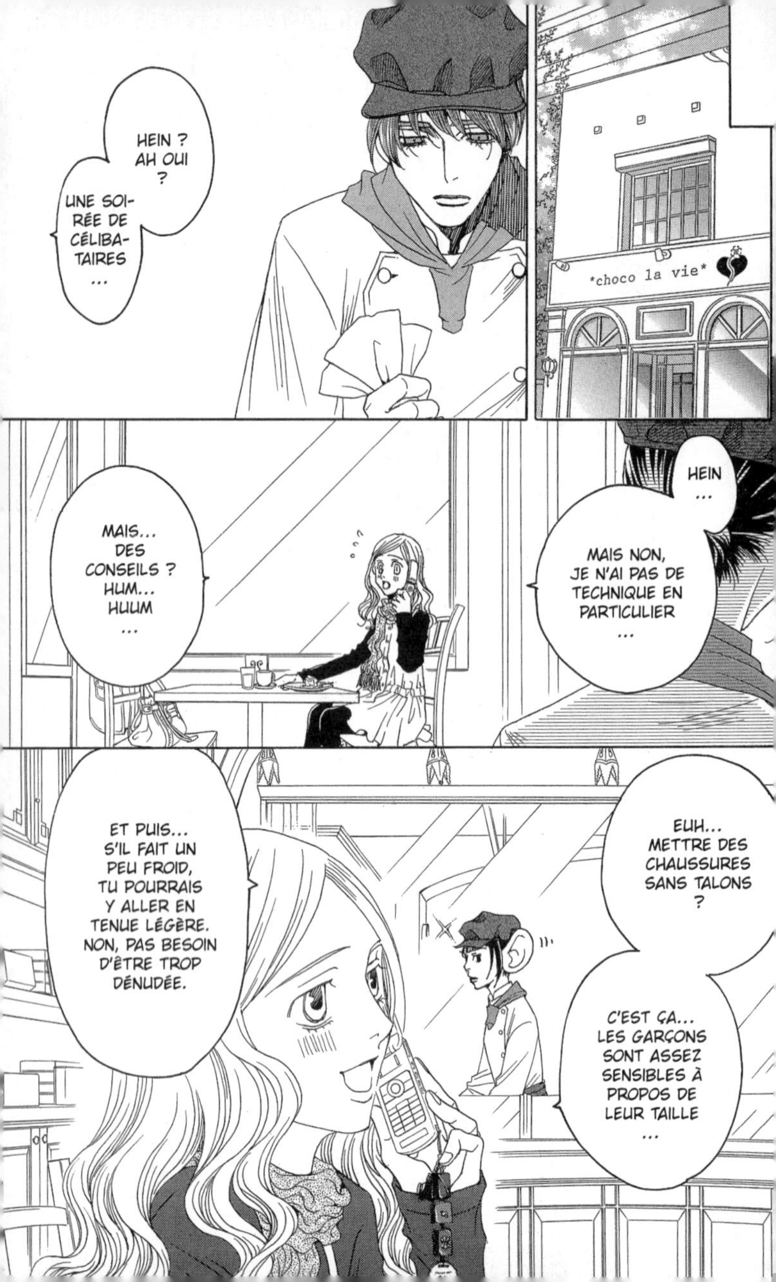
choco la vie
HEIN ? AH OUI ? UNE SOIRÉE DE CÉLIBATAIRES ...
HEIN ... MAIS NON, JE N'AI PAS DE TECHNIQUE EN PARTICULIER ...
MAIS... DES CONSEILS ? HUM... HUUM ...
EUH... METTRE DES CHAUSSURES SANS TALONS ?
C'EST ÇA... LES GARÇONS SONT ASSEZ SENSIBLES À PROPOS DE LEUR TAILLE ...
ET PUIS... S'IL FAIT UN PEU FROID, TU POURRAIS Y ALLER EN TENUE LÉGÈRE. NON, PAS BESOIN D'ÊTRE TROP DÉNUDÉE.

VRAIMENT …
JE NE SUIS PAS DU TOUT UNE BONNE FILLE…
ALORS C'EST QUOI, TES DÉFAUTS ?
…
HEIN ?
…
JE SORS AVEC LE MEC D'UNE COPINE…
… EN CACHETTE …

ON L'A EU !! SUPEER !!
J'AI ENFIN OBTENU LE "BÂTON DE L'ARCHANGE" !!
Tattalalila talalili !
JE SUIS CONTENTE POUR TOI, OLIVIER. ♡
C'EST GRÂCE À TOI, MATSURI ! TOUT SEUL, JE N'AURAIS JAMAIS RÉUSSI !
UNE GUERRIÈRE-MAGE QUI FAIT REMPART DE SON CORPS POUR ME PROTÉGER ...
COMME TU ES HÉROÏQUE, MATSURI !! TU ES UN ANGE ! UNE DÉESSE !!
moët! moët!
DANS UN JEU… C'EST NORMAL QUE JE PUISSE ME COMPORTER EN HÉROÏNE.
QUAND TU VIENS NOUS AIDER EN BOUTIQUE, TU ÉGAIES L'AMBIANCE. TU N'AS AUCUN DÉFAUT ! ♡
C'EST FAUX …
NE SOIS PAS SI MO-DESTE ! ♡
DANS LA RÉALITÉ AUSSI, TU ES JOLIE, GAIE ET GENTILLE !

VROO
TRINITY BLAZE !!!
VLAAAS

JE TE RÉGÉNÈRE AVEC MON SORT …
ÇA IRA, J'AI LE "BOUCLIER MIRACULEUX" !!
LAISSE-MOI ET ATTAQUE L'ENNEMI, OLIVIER !!
AAAAH !
MATSURI !!
J'ACTIVE LE SORT DE RENFORCEMENT !!
MATSURI A UTILISÉ LE MEGA AMPLIFIER !
WOUUM
LA PUISSANCE D'ATTAQUE MAGIQUE A ÉTÉ AMPLIFIÉE !

J'AI BEAU AVOIR DÉCIDÉ D'ÊTRE UN MEC DIFFICILE À ATTEINDRE...
JE NE SAIS PAS JUSQU'OÙ JE DOIS ALLER.
JE ME SUIS DEMANDÉ QUOI LUI RENDRE POUR LE WHITE DAY...
MAIS J'AI EU PEUR DE LA DÉGOÛTER EN LUI OFFRANT DES BISCUITS CONCOCTÉS AVEC AMOUR.
Heiin, mais ces biscuits c'est du sérieux, je ne peux pas accepter !
TRAUMATISÉ
ALORS J'AI FINI PAR LUI OFFRIR UN ASSORTIMENT DES NOUVEAUX PRODUITS DU PRINTEMPS.
TU SERAS LA PREMIÈRE CLIENTE À Y GOÛTER. ♡
SUPER ! ÇA ME FAIT TROP PLAISIR !
C'EST LE COMPORTEMENT PARFAIT POUR LE PRINCE DU CHOCOLAT, NON ?
Je crois...
GROAAR
HI
VLASH

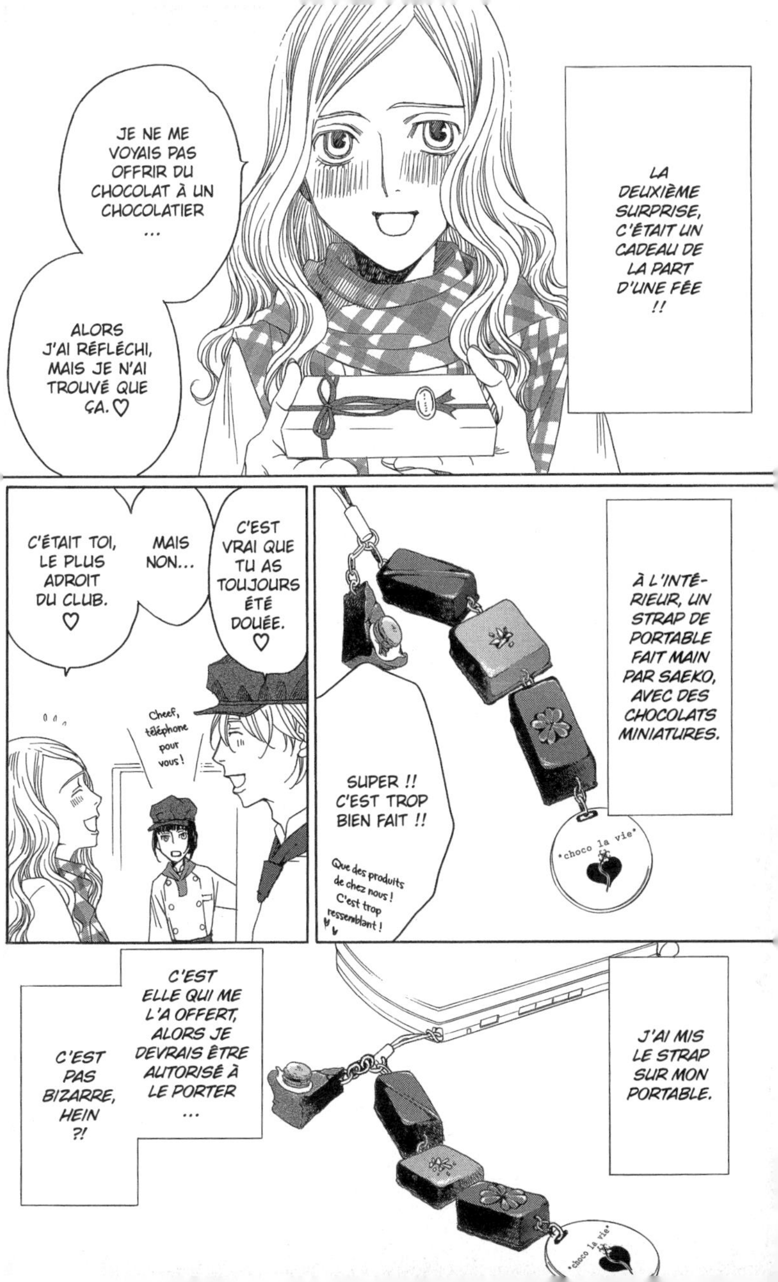
LA DEUXIÈME SURPRISE, C'ÉTAIT UN CADEAU DE LA PART D'UNE FÉE !!
JE NE ME VOYAIS PAS OFFRIR DU CHOCOLAT À UN CHOCOLATIER …
ALORS J'AI RÉFLÉCHI, MAIS JE N'AI TROUVÉ QUE ÇA. ♡
À L'INTÉRIEUR, UN STRAP DE PORTABLE FAIT MAIN PAR SAEKO, AVEC DES CHOCOLATS MINIATURES.
choco la vie
SUPER !! C'EST TROP BIEN FAIT !!
Que des produits de chez nous ! C'est trop ressemblant !
C'EST VRAI QUE TU AS TOUJOURS ÉTÉ DOUÉE. ♡
MAIS NON…
C'ÉTAIT TOI, LE PLUS ADROIT DU CLUB. ♡
Cheef, téléphone pour vous !
J'AI MIS LE STRAP SUR MON PORTABLE.
C'EST ELLE QUI ME L'A OFFERT, ALORS JE DEVRAIS ÊTRE AUTORISÉ À LE PORTER …
C'EST PAS BIZARRE, HEIN ?!
choco la vie

* LE 14 MARS, LES HOMMES REMERCIENT LES FEMME
LEUR ONT OFFERT UN CHOCOLAT À LA SAINT-VALENTIN.

JE NE L'AI JAMAIS VU EN MAGASIN. C'EST UNE NOUVEAUTÉ ?
IL L'A FAIT SPÉCIALEMENT POUR TOI, NON ?
Les ronces sont en bretzel.
UN GÂTEAU AU CHOCOLAT AVEC UNE DOSE D'AMARETTO À EN FAIRE TOURNER LA TÊTE.
UN GOÛT POUR LES PALAIS MATURES, MAIS SUCRÉ SANS RETENUE.
APRÈS AVOIR FINI SA PART, ON SE SENT SATURÉ DE CHOCOLAT POUR UN BOUT DE TEMPS, MAIS PROGRESSIVEMENT, L'ENVIE D'EN REPRENDRE NOUS RONGE À NOUVEAU ...
C'EST FORCÉMENT UN DÉFI QU'IL ME LANCE...
AFFICHER SES SUPER TECHNIQUES EN CETTE PÉRIODE DE VIE OU DE MORT POUR LES CHOCOLATIERS, POUR ME REMETTRE À MA PLACE...
TU ... CROIS ?
Si tu pensais tout simplement à la vraie signification de la Saint-Valentin ?
JE LUI RENDRAI LA PAREILLE !!
JE NE SUIS QU'UN BLANC-BEC, MAIS JE LUI ENVERRAI MON MEILLEUR CHOCOLAT POUR QU'IL RESSENTE LA FLAMME QUI M'ANIME !!
TU VEUX VRAIMENT QU'IL RESSENTE TA FLAMME ?
TU ES SÛR DE TOI ?

* RÉFÉRENCE À UNE CHANSON DE L'ANIME "UMINEKO NO NAKU KORO NI", DESTINÉ À UN PUBLIC TRÈS OTAKU, NDT.

NOUS AVONS ÉTÉ PLUS QUE SURCHARGÉS POUR LA PREMIÈRE SAINT-VALENTIN DE CHOCO LA VIE.
À TEL POINT QUE JE N'EN GARDE PLUS QU'UN VAGUE SOUVENIR.
FROUUUSH
LA SAINT-VALENTIN, C'EST LE JOUR OÙ LES FEMMES S'ACHÈTENT DES CHOCOLATS POUR SE RÉCOMPENSER !!
ÇA NE SERT À RIEN D'EN OFFRIR À DES MECS INCAPABLES DE RECONNAÎTRE LES SUBTILITÉS DE GOÛT OU DE FORME !!
C'EST LE JOUR OÙ LE PRINCE DU CHOCOLAT OFFRE DES CADEAUX AUX FILLES MÉRITANTES !!
Mais ce n'est pas gratuit !!
D... D'ACCORD ...
GRÂCE AUX PRÉCIEUX CONSEILS DE KAORUKO ...
LES PRODUITS DE LA SAINT-VALENTIN SONT TOUS PARTIS ET NOUS AVONS LARGEMENT DÉPASSÉ NOS ESPÉRANCES DE VENTE.
choco la vie
la vie*

IL Y A D'AUTRES DÉCRETS INSTITUÉS PAR KAORUKO.
"NE JAMAIS OUBLIER DE PRENDRE SOIN DE SA PEAU."
IL Y A ENCORE BEAUCOUP DE PERSONNES QUI PENSENT CHOCOLAT = BOUTONS.
ALORS LE PRINCE DU CHOCOLAT DOIT PROUVER PAR LUI-MÊME QUE CE N'EST PAS VRAI.
ELLE ME DIRA PEUT-ÊTRE UN JOUR DE "NE JAMAIS SAIGNER DU NEZ".
À la base, ça ne m'arrive que très rarement.
choco la vie

TOUS LES MATINS, JE ME LÈVE À 6H30 POUR FAIRE UN PETIT JOGGING AVANT D'ALLER TRAVAILLER.
KAORUKO A DÉCRÉTÉ QUE "LE PRINCE DU CHOCOLAT NE DEVAIT SURTOUT PAS GROSSIR."

Chapitre 5
choco

a vie

Chapitre 5
C'EST TELLEMENT FACILE DE SE DÉVOUER COMPLÈTEMENT À UNE FEMME AVEC UN SIMPLE "JE FERAI N'IMPORTE QUOI POUR TOI."
SI ÇA SUFFISAIT À LA CONVAINCRE, IL N'Y AURAIT AUCUN PROBLÈME.
MAIS LA RÉALITÉ N'EST PAS SI SIMPLE.
C'EST COMPLIQUÉ DE DEVENIR UN HOMME FÉROCE.
choco la vie

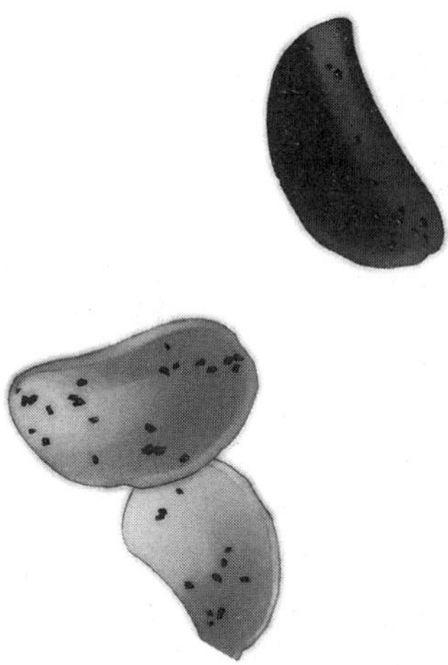

UN JOUR...
TU SERAS MIENNE.
ET JE MANGERAI ...
TON CURRY AU POULET.
choco la vie
IL M'A FIXÉ AVEC UN REGARD SI FOUGUEUX QUE MON CŒUR A FAILLI EXPLOSER ...
ET JE ME SUIS ENTENDU DIRE "35" !!
KYAAAH !
À QUOI ÇA VOUS AVANCE DE VOUS RAJEUNIR DE DEUX ANS ?
C'EST MON CÔTÉ FLEUR BLEUE !! TU COMPRENDS ?!
ALORS LÀ, PAS DU TOUT.
HÉ, CHEF, VENEZ PLUTÔT CONTRÔLER PAR LÀ !
RAAH !

CES DERNIERS TEMPS, LES TRUFFES AU CAFÉ PARTENT BIEN.
NIEERK
EN JANVIER, JE LANCE LES TRUFFES AU CHAM-PAGNE.
JE DOIS M'INVESTIR POUR EN VENDRE BEAUCOUP.
PEUT-ÊTRE À CAUSE DU SCHÉMA HIVER = CAFÉ. IL A UN CÔTÉ RÉ-CHAUFFANT.
"IL NE TE MANQUE RIEN."
AAH...
QUELLE IDÉE DE SE MARIER. ÇA VA PAS LA TÊTE !

PARDON.

OH ?
JE NE TROUVE PLUS LES NOUVEAUX RUBANS BEIGES ...
AH ...
JE VIENS DE LES RANGER DANS LE PANIER.
OÙ ÇA ?
AU-DESSUS.
CELUI DU MILIEU ...
LÀ ...
AH ! JE V...

C'EST SURTOUT QUE...
VU L'IMPORTANCE DE LA DEUXIÈME FOIS...
ÇA NE PEUT PAS SE PASSER SI FACILEMENT.
JE N'AI EMBRASSÉ SAEKO QU'UNE SEULE FOIS...
À NOËL, IL Y A SIX ANS.
LE DEUXIÈME BAISER EST CRUCIAL.
JE NE PEUX PAS LE FAIRE SUR UN COUP DE TÊTE.
JE DOIS SUIVRE LES ÉTAPES...
POUR QU'ELLE TOMBE À COUP SÛR DANS MES BRAS.

CLAC
QU'EST-CE QU'ELLE EST VENUE FAIRE...
Elle n'a rien acheté !
MAIS ELLE NOUS A PRIS DES TRUFFES, LA DERNIÈRE FOIS.
Sur 190 g, il doit encore lui en rester.
ET PUIS, ELLE AVAIT AUSSI LES CHOCOLATS DE M. RIKUDO.
...
BON, L'IMPORTANT C'EST QU'IL AILLE MIEUX...
TU AS ENTENDU ?
SAEKO A DIT QU'ELLE FERAIT UN CURRY, COMME JE LE LUI AI DEMANDÉ !
TU SAIS QUE C'EST SON MARI QUI VA LE MANGER ?
JUSTEMENT, BIEN FAIT POUR LUI !
C'EST MOI QUI L'AI VOULU, CE CURRY !
J'AI DU MAL À COMPRENDRE D'OÙ TU TIRES CE SENTIMENT DE VICTOIRE.
EXPLIQUE-MOI PLUTÔT CE RAPPROCHEMENT TOUT À L'HEURE...
J'AI CRU QUE VOUS ALLIEZ VOUS EMBRASSER.
IMPOSSIBLE !
DANS MA TÊTE, JE L'AI EMBRASSÉE UNE BONNE CENTAINE DE FOIS EN ME DISANT : "PETITE ALLUMEUSE". ♡
MAIS UN MEC BIEN SAIT SE RETENIR !

MERCI.
BON, J'Y VAIS. ♡
O.K., FAIS ATTENTION À TOI. ♡
SOHTA ...
QU'EST-CE QUE TU AURAIS ENVIE DE MANGER POUR LE DÎNER ?
HEIN ...
EUH... UN CURRY AU POULET ?
DU CURRY... BONNE IDÉE.
C'EST DÉCIDÉ ! AUJOURD'HUI, JE VAIS FAIRE DU CURRY AU POULET !
À BIENTÔT ! ♡

MAIS DE NOUVELLES CHOSES VONT S'Y AJOUTER AU FUR ET À MESURE POUR APPORTER DES CHANGEMENTS, N'EST-CE PAS ?
JE SUIS IMPATIENTE DE VOIR ÇA. ♡
BON COURAGE.
MOI, JE CONTINUERAI TOUJOURS À VENIR ICI. ♡

TU AS UN SOUCI ?
HUM… OUI…
ENFIN …
JE RÉFLÉCHISSAIS À CE QUI MANQUAIT …
À CETTE BOUTIQUE… ET À MOI-MÊME… PLUS J'Y PENSE, PLUS JE ME PRENDS LA TÊTE …
RIEN !
IL NE TE MANQUE RIEN.

BONJOUR. ♡
AH ...
BIENVENUE, SAEKO.

LUI, MÉRITE VRAIMENT SON TITRE DE GENTIL-HOMME.
MOI...
JE NE VAUX...
SOHTA. ♡
BONJOUR. ♡
...
SOHTA ?
SOHTA, SOHTA !
AH ...
OUI ?

COMMENT AI-JE PU PRÉTENDRE QUE MON RIVAL ÉTAIT MOI-MÊME ?
UN PETIT BLANC-BEC COMME MOI...
DOIT D'ABORD SE FROTTER AUX CONCUR-RENTS PLUS ANCIENS.
JE DOIS ME SENTIR BLESSÉ, ME FAIRE ÉCRASER ...
ET PUIS ENRAGER.
SINON, JE NE SERAI JAMAIS VRAIMENT LE PRINCE DU CHOCOLAT.

choco la vie
COMPARÉ À LA BOUTIQUE DE M. RIKUDO, CHEZ MOI, C'EST VRAIMENT BANAL.
MAIS BON, ÇA ME VA.
JE M'Y SENS BIEN.
POURTANT, J'AI COMME LA SENSATION…
JE SAIS QUE MON CHOCOLAT IDÉAL EST DIFFÉRENT DE CELUI DE M. RIKUDO…
MAIS JE N'EN AI ENCORE QU'UNE IDÉE FAIBLE ET VAGUE.
JE N'AI AUCUNE VISION QUE JE POURRAIS DÉFENDRE AVEC SA PRESTANCE.
DE M'ÊTRE PRIS UNE PETITE TAPE SUR LA TÊTE QUI M'A UN PEU ENFONCÉ DANS LE SOL.
JE SUIS DEVENU CHOCOLATIER POUR SÉDUIRE SAEKO…
ET… ENSUITE ?

HÉ, C'EST VRAI ? TU ES EN DANGER ALORS !
IL POURRAIT TE PIQUER SAEKO ? ELLE SE REMETTRAIT EN CHASSE ?!
Le prince a perdu de son assurance !
SAEKO ?
AH ... NON ...
DE CE CÔTÉ-LÀ, ÇA DEVRAIT ALLER.
M. RIKUDO ÉTAIT PLUTÔT DU GENRE GRANDE FOLLE.
...
AH BON.

DANS DIX ANS...
POURRAI-JE ME HISSER À SON NIVEAU ?
BONSOIR, SOHTA.
ALORS, RICDOR ?
choco la vie
AH, OUI.
C'ÉTAIT IMPRES-SIONNANT.
TENEZ, J'AI EU PLEIN DE CADEAUX POUR VOUS.
ALORS IL ÉTAIT BEAU, CE M. RIKUDO ?!
ÇA, OUI.
C'EST UN SACRÉ TYPE.
RIEN À VOIR...
AVEC UN MINUS COMME MOI.

35 ?
35 ANS ...
DIX ANS DE PLUS QUE MOI...
L'ESPACE D'UN INSTANT...
JE ME SUIS SENTI RASSURÉ.
JE ME SUIS DIT QU'AVEC DIX ANS DE DIFFÉRENCE, CE N'ÉTAIT PAS ÉTONNANT.
AVEC DIX ANS DE MOINS, C'ÉTAIT NORMAL...
QUE JE PERDE CONTRE LUI...
RIEN QU'À CETTE PENSÉE ...
J'ÉTAIS BATTU À PLATE COUTURE.

IL A CONSTRUIT DE SES MAINS SON PROPRE UNIVERS.
IL Y RÈGNE...
SANS POUR AUTANT Y ÊTRE SEUL.
IL NE FLATTE PERSONNE ...
MAIS IL VEND SON AMOUR.
QUELLE PERSONNE IMPRESSION-NANTE.
JE PEUX VOUS DEMANDER UNE CHOSE ?
OUI ?
MONSIEUR RIKUDO...
QUEL ÂGE AVEZ-VOUS ?

IL Y A 6 MILLIARDS DE PERSONNES SUR CETTE PLANÈTE !
MÊME SI JE ME FAIS DÉTESTER PAR 5 MILLIARDS 990 MILLIONS D'ENTRE ELLES...
SI JE PEUX AIMER ET ME FAIRE AIMER DES 10 MILLIONS RESTANTS, CE SERAIT DÉJÀ MERVEILLEUX.
JE VOUDRAIS COMBLER LES PERSONNES QUI ÉPROUVENT DU DÉSIR ENVERS CE QUE JE CRÉE.
AIMER DE TOUT MON SOÛL CELLES AUXQUELLES JE SUIS LIÉ PAR LE DESTIN.
ÇA NE VOUS EFFRAIE PAS D'ÊTRE HAÏ DE 5 MILLIARDS 990 MIL-LIONS DE GENS ?
PAS DU TOUT !
ÇA ME RAMÈNE JUSTE À ZÉRO, JE NE VAIS PAS DANS LE NÉGATIF.
CE QUI M'EF-FRAIE...
C'EST QUE MA VISION PERSONNELLE DISPARAISSE.
J'AI PEUR DE NE PLUS SAVOIR QUELLE MAGIE UTILISER...
ET DE NE PLUS POUVOIR RIEN FAIRE.
CET HOMME...

MON RÊVE D'ENFANT ÉTAIT DE DEVENIR MAGICIEN.
CHAQUE FOIS QUE J'ALLAIS DANS UN PARC D'ATTRACTION OU UN GRAND MAGASIN, JE ME DISAIS TOUJOURS: "MOI AUSSI, JE VEUX DEVENIR CAPABLE DE BÂTIR DE TELS ENDROITS !"
ACTUELLEMENT, JE FAIS DU CHOCOLAT...
MAIS CE QUE JE TIENS LE PLUS À VENDRE, C'EST DU RÊVE.
UNE PERSONNE QUI A JUSTE ENVIE DE CHOCOLAT IRAIT DANS UN SUPERMARCHÉ !
ILS ONT PLEIN DE BONNES MARQUES QUI PLAISENT À TOUT LE MONDE !
HÉ...
EUH, M'OUI...
PEU M'IMPORTE S'IL EXISTE DES GENS QUI NE VEULENT PAS, OU QUI N'AIMENT PAS MES CHOCOLATS.
C'EST JUSTE QU'ON N'ÉTAIT PAS FAITS POUR SE RENCONTRER.

DANS CE LIEU, ON EST SÛR D'ACHETER...
UN BONHEUR UNIQUE.
ET JE PENSE QUE VOS CLIENTS EN SONT COMBLÉS.
MER-CI.
TON ÉLOGE EST VRAIMENT ADORA-BLE.
JE L'AI GRAVÉ DANS LE JOURNAL INTIME DE MON CŒUR. ♡
TU SAIS ...
J'ÉTAIS DÉJÀ ASSEZ ÂGÉ QUAND J'AI DÉCIDÉ DE M'ORIENTER DANS LA RES-TAURATION.

...
POUR ÊTRE HONNÊTE...
JE NE SAIS PAS SI CECI EST CE QUI VIENT AUTOMATIQUEMENT À L'ESPRIT...
QUAND QUELQU'UN A ENVIE DE CHOCOLAT.
MAIS JE RESSENS TRÈS CLAIREMENT LA VISION QUE VOUS AVEZ EN TÊTE.
LES AVIS RISQUENT D'ÊTRE PARTAGÉS...
MAIS TOUT LE MONDE...
S'ACCORDERA À DIRE QUE CETTE BOUTIQUE EST UNIQUE.

EUH, OUI...
MAIS MA PHOTO N'EST PARUE QUE TROIS FOIS.
QUELQU'UN COMME VOUS FAIT ATTENTION À CE GENRE DE CHOSES ?
OH OUI, J'ADORE !!
JE NE PEUX PAS FREINER MA CURIOSITÉ ! ♡♡♡
ZUT, JE COMMENCE À ME SENTIR HONTEUX ...
D'ÊTRE VENU ESPIONNER AUSSI OUVERTEMENT !
Il est si jeune ! Et si mignon !
J'AIMERAIS ENTENDRE TON AVIS SANS DÉTOUR. ♡
DIS-MOI FRANCHEMENT CE QUE TU EN PENSES. ♡
LES CLIENTES NE ME DISENT QUE : "C'EST DÉLICIEUX !" OU "C'EST BEAU !" ☆
ÉVIDEMMENT, PUISQUE C'EST LA VÉRITÉ.
C'EST BON...
TRÈS RECHERCHÉ.
ON A ENVIE DE DÉGUSTER LENTEMENT CHACUN DE CES CHOCOLATS...
SOIGNÉS AUSSI BIEN EN GOÛT QU'EN APPARENCE ...

RIKUDO !
VOILÀ LE BEAU GOSSE !
AH... IL EST DÉLICIEUX...
LA SERVEUSE EST VENUE ME DIRE QUE M. KOYURUGI ÉTAIT LÀ.
ALORS JE TENAIS ABSOLUMENT À VOUS SALUER.
ENCHANTÉ, JE SUIS SEINOSUKE RIKUDO.
AH ! BONJOUR... JE SUIS SOHTA KOYURUGI.
Désolé, je n'ai pas de carte sur moi.
SHTAC
JE RÊVAIS DE VOUS RENCONTRER ! JE SUIS RAVI QUE VOUS SOYEZ VENU !
OH, VOUS ÊTES BIEN FOUTU !
Hein ?
MAIS... VOUS ME CONNAISSIEZ ?
QU'EST-CE QUE TU RACONTES ! ON PARLE DE TOI DANS TOUS LES MÉDIAS !

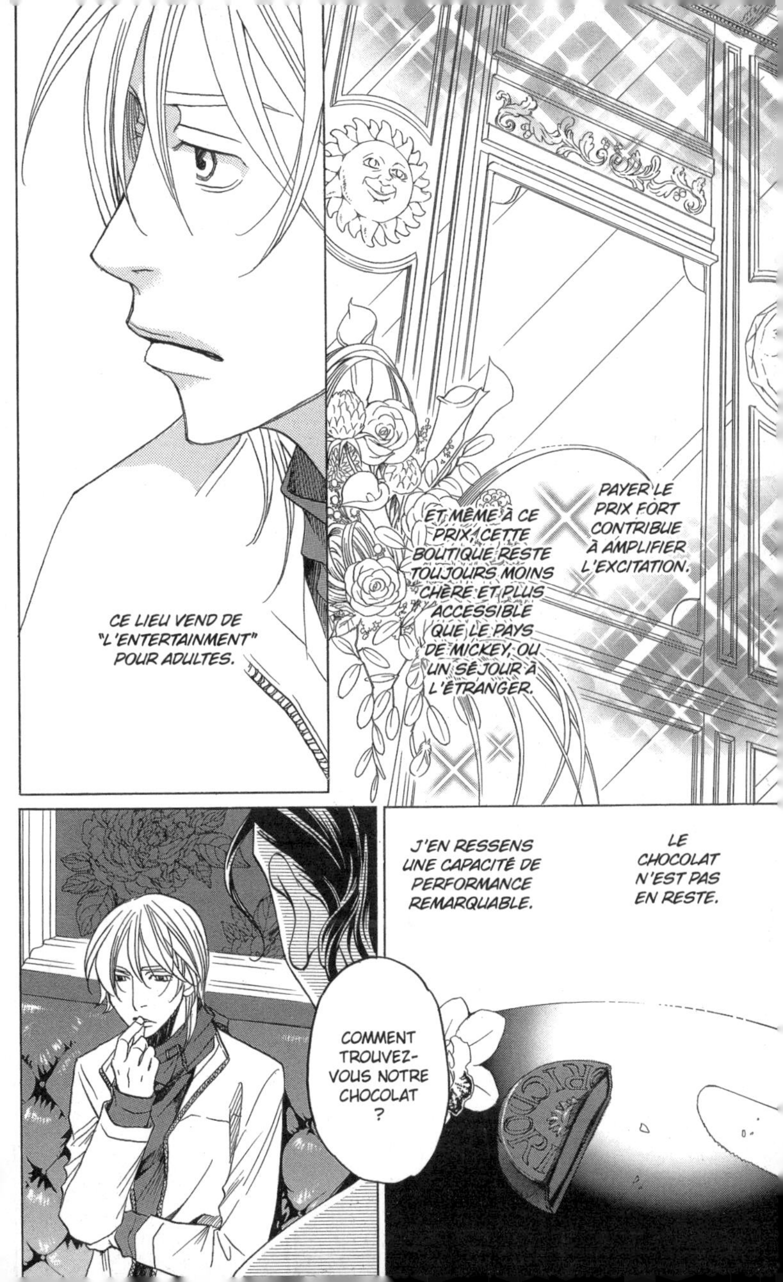
PAYER LE PRIX FORT CONTRIBUE À AMPLIFIER L'EXCITATION.
ET MÊME À CE PRIX, CETTE BOUTIQUE RESTE TOUJOURS MOINS CHÈRE ET PLUS ACCESSIBLE QUE LE PAYS DE MICKEY, OU UN SÉJOUR À L'ÉTRANGER.
CE LIEU VEND DE "L'ENTERTAINMENT" POUR ADULTES.
LE CHOCOLAT N'EST PAS EN RESTE.
J'EN RESSENS UNE CAPACITÉ DE PERFORMANCE REMARQUABLE.
COMMENT TROUVEZ-VOUS NOTRE CHOCOLAT ?

DU VIN ROUGE BIEN DOSÉ…
ET DU MIEL.
UN PARFUM TRÈS AGRÉABLE, ET UN BON ÉQUILIBRE ENTRE L'ACIDITÉ ET LE SUCRÉ.
MAIS C'EST UN GOÛT POUR ADULTES INITIÉS.
MOI, JE SUIS PLUTÔT PRENEUR, MAIS…
PAREIL POUR LE PRIX, ILS VISENT UNE CIBLE TRÈS PRÉCISE.
J'EN AI PRESQUE OUBLIÉ LA VRAIE VIE ! ♡♡
JE VOIS.
NOUS NE SOMMES PAS DANS UN ESPACE DE VIE HABITUEL…
MAIS DANS UN AUTRE MONDE.

JE ME SENS PAS À L'AISE …
Ça commence à me donner mal au crâne.
ALORS …
CE SERAIT JUSTE UN CONCEPT COÛTEUX POUR CRÉER DE L'IMPACT ET UNE AMBIANCE QUI FAVORISE LA VENTE …
À DROITE, VOUS AVEZ L'"EDEN", UN CHOCOLAT À LA FIGUE.
ET À GAUCHE, LE "RICDOR", OÙ VOUS POURREZ GOÛTER À NOTRE GANACHE NOIR, EN TOUTE SIMPLICITÉ.
BON APPÉTIT.
RICDOR
ILS SONT ASSEZ GROS.
JE COMPRENDS MIEUX LE PRIX.
Et les formes sont recherchées.
OOH OOH
COUPE TRANSVERSALE
OOH.
LA FIGUE EST BIEN LÀ !
ÇA A L'AIR D'AVOIR DE LA CONSISTANCE.
HUM

NOIR ! OR ! VIOLET ! ELLE A DE L'IMPACT, LA DÉCO.
EUH, UN CAFÉ AU LAIT…
ET DEUX CHOCOLATS DE VOTRE CHOIX.
CE SERA TOUT ?
ET UN COUTEAU, S'IL VOUS PLAÎT.
TRÈS BIEN.
ILS Y VONT FORT SUR LE PRIX ! J'EN SUIS À PLUS DE 1 600 YENS* JUSTE AVEC ÇA !
* ENVIRON 13 EUROS, NDT.

JE NE PEUX PAS FUIR ÉTERNELLE-MENT.
ALORS PLUTÔT QUE DE MOURIR À PETIT FEU...
RICDOR
RICDOR
JE PRÉFÈRE REGARDER LA RÉALITÉ EN FACE ET RECEVOIR LE COUP DE GRÂCE.

EEEEURK
...
TAC
KAO-RUKO ...
JE POURRAI TE LAISSER LA BOUTIQUE, TOUT À L'HEURE ?
AH ... O.K.
PAS DE PROBLÈME, DIMANCHE SOIR, ON N'A PAS BEAUCOUP DE MONDE.
JE VAIS ALLER AU "RICDOR".

HEIN ? MAIS TU PARLES DE SAEKO, NON ? QU'EST-CE QUI T'ARRIVE ?
SES ANCIENS COPAINS... ET SON MARI, TU AS BIEN ÉTÉ JALOUX D'EUX, NON ?
HUM, DISONS QUE...
JE RUMINAIS PAS MAL DE CHOSES, MAIS CE N'ÉTAIT PAS VRAIMENT DE LA JALOUSIE...
J'ÉTAIS PLUTÔT DEVANT UN FAIT ACCOMPLI...
MAIS LE CHOCOLAT...
QUAND IL S'AGIT DE CHOCOLAT, C'EST DIFFÉRENT.
PARCE QUE...
SUR CE POINT...
MÊME SI SAEKO NE M'APPARTIENT PAS...
J'É...

KAORUKO...
TU AS DÉJÀ ÉTÉ JALOUSE ?
BEN...
COMME TOUT LE MONDE, NON ?
C'est humain.
AS-TU DÉJÀ EU LE CŒUR ENVAHI PAR DES FLAMMES NOIRES...
AU POINT D'EN AVOIR DES NAUSÉES ?
MOI, C'EST LA PREMIÈRE FOIS QUE ÇA M'ARRIVE.
SI C'EST ÇA, LA JALOUSIE...
ALORS JE SUIS JALOUX DE QUELQU'UN POUR LA PREMIÈRE FOIS DE MA VIE.

PERSONNELLE-
MENT, JE ME
SUIS DEMANDÉ
SI ELLE N'AVAIT
PAS FAIT ÇA
POUR SE
VENGER.
À CAUSE... DE...
CE QUI S'ÉTAIT PASSÉ ...
?
IL S'EST PASSÉ QUELQUE CHOSE QUI METTRAIT SAEKO EN COLÈRE ?
...
NON... RIEN DU TOUT...
DÉSOLÉE, C'EST RIEN.
JE ME SUIS FAIT DES IDÉES. HA HA.
ERK
OUH..
KEUF
KEUF
?

EEEEURK
SOHTA ! ÇA VA ?!
ERK ...
QUE DU SUC GASTRIQUE...
KEUF
TU N'AS PAS MANGÉ ?
NON ...
JE N'AI PAS FAIM.
KEUF
TRIPLE IDIOT ! JE TE RAPPELLE QUE TU FAIS UN BOULOT PHYSIQUE !
...
EST-CE QUE CE SERAIT ...
À CAUSE DE LA DERNIÈRE FOIS ?
QUAND SAEKO A...

choco la vie
RICDOR

MAIS OUI, PEU IMPORTENT LES AUTRES.
LE MONDE FOURMILLE DE BONS CHOCOLATS, DE GÉNIES ET DE BEAUX GOSSES.
SI JE DEVAIS ME COMPARER À CHACUN D'EUX, JE N'AURAIS PLUS DE VIE !
C'EST CONTRE MOI QUE JE DOIS ME BATTRE !
NOUS VOILÀ !
BONSOIR.
C'EST MOI, MON RIVAL ! C'EST MOI, MON RIVAL !
BONSOIR.
VOICI LE DESSERT PRÉFÉRÉ DE Mlle ELENA KATO !
LE "FOIE GRAS DE CHOCOLAT", UNE SPÉCIALITÉ DU FAMEUX ÉTABLISSEMENT "RICDOR" !
OUAH, C'EST LE LUXE !! IL Y A DES FEUILLES D'OR DESSUS !
...
J'AIMERAIS BIEN Y GOÛTER ! ♡
KYAH KYAH
TU FAIT UNE PARTIE AVEC MOI, MATSURI ? ♡
O.K., APRÈS CETTE ÉMISSION. ♡♡
NE PAS REGARDER, NE PAS REGARDER.
NE PAS Y PENSER, NE PAS Y PENSER.

ERK !
SOHTA ?! ÇA VA ?!
HUMPF
N'Y PENSE PAS !! C'EST RIEN DU TOUT !!
LE MEC IDÉAL NE DOIT PAS ÊTRE NERVEUX À CAUSE DES AUTRES !!
CLIC
CLIC
CLIC
MONSIEUR KOYURUGI !
QUI EST VOTRE RIVAL ?!
MON RIVAL...
C'EST ÉVIDEMMENT...
MOI-MÊME !

CRISH
IL EST BEAU …
IL EST BEAU, HEIN ?
OUI, C'EST CE QUE JE T'AI DIT !
MAIS TU DISAIS QUE J'ÉTAIS MIEUX. TU M'AURAIS MENTI ?
SAEKO A FAIT LA QUEUE DÈS LE MATIN POUR GOÛTER À SON CHOCOLAT …
CHEZ MOI, ELLE A ATTENDU L'APRÈS-MIDI POUR PASSER ! À CAUSE D'UNE MACHINE À LAVER CASSÉE !!
MERDE ! ELLE AURAIT PAS PU CASSER UN TRUC, LÀ ?! UN ASPIRATEUR OU UNE HOTTE ?!
Sohtaaa !

COMMENT ÇA...
NON, JE LE SAVAIS...
SAEKO ADORE LE CHOCOLAT, C'EST NORMAL QU'ELLE AILLE TESTER UN NOUVEAU MAGASIN.
JE L'AI DÉJÀ ENTENDUE DES MILLIARDS DE FOIS ME PARLER DE SES CHOCOLATIERS PRÉFÉRÉS...
DE NOUVELLES BOUTIQUES OUVRENT TOUS LES JOURS...
MAIS ÇA M'EST COMPLÈTEMENT ÉGAL.
...
MAIS...
EN FAIT, SI...
CETTE FOIS, ÇA COMMENCE...
À ME FAIRE DE L'EFFET.

* *SURNOM D'AYRTON SENNA AU JAPON, NDT.*

OOH... QUEL LUXE.
C'EST GÉNIAL !! J'ADORE LE CONCEPT !! ♡♡
DANS LEUR SALON DE THÉ, J'AI PRIS UN GÂTEAU TRÈÈS TRÈS CHOCOLATÉ.
IL AVAIT UN GOÛT ULTRA CONDENSÉ, C'ÉTAIT DÉLICIEUX. ♡
AH BON ?
OUI ! ♡♡♡
LA DÉCO ÉTAIT AUSSI SOMPTUEUSE. AVEC SON PLAFOND TRÈS HAUT, ON AURAIT DIT QUE LA BOUTIQUE ÉTAIT SUR DEUX ÉTAGES.
J'EN AI PRESQUE OUBLIÉ LA VRAIE VIE ! ♡♡
OOH. ÇA A L'AIR IMPRESSIONNANT.
J'AIMERAIS BIEN Y ALLER. ♡
MOI AUSSI.
ET PUIS LE PROPRIÉTAIRE EST VENU NOUS DIRE BONJOUR.
IL ÉTAIT SUPER SUPER TOP CANON ! ♡♡♡

CLIC
SNIF
BONJOUR. ♡
SAEKO.
BONJ…
OUR …
RICDOR
…
TIENS, CE SAC …
AH OUI ! "RICDOR" A OUVERT AUJOURD'HUI !!
ALORS J'AI FAIT LA QUEUE DÈS LE MATIN POUR ACHETER LE COFFRET LIMITÉ !!
REGARDEZ ! ♡ C'EST TROP MIGNON ! ♡
SHLING

JE NE SAIS PAS QUEL SERA L'EFFET DE MA STRATÉGIE …
JE PLACE MES ESPOIRS DANS UNE NOUVELLE RENCONTRE. ♡
MAIS J'AI DÉCIDÉ DE MONTER EN GRADE !
POUR CHATOUILLER L'INSTINCT DE CHASSE DE SAEKO …
JE DEVIENDRAI UN HOMME DIFFICILE D'ACCÈS !
MAIS D'ABORD, IL Y A LE CHOCOLAT.
TOUTES CES MISES EN SCÈNE POUR ME METTRE EN VALEUR N'ONT DE SENS QU'AVEC LE CHOCOLAT.
RENDRE SAEKO HEUREUSE…
ÊTRE CELUI QUI NOURRIT SA PASSION POUR LE CACAO…
C'EST POUR ÇA QUE JE SUIS DEVENU CHOCOLATIER.
ATCHOUM !

CE N'EST PAS GRAVE.
JE NE ME SUIS JAMAIS PRIS POUR UN PRINCE.
SURTOUT QUE J'AI UN SPÉCIMEN BIEN PLUS PRINCIER SOUS MON NEZ.
SHAAF
ÇA NE TE MET PAS EN ROGNE ?!
NON, J'AI MOI-MÊME BÉNÉFICIÉ DE LEUR MATRAQUAGE PLUS QUE JE N'AURAIS DÛ.
C'EST COMME ÇA, LES MÉDIAS.
CE N'EST PAS FACILE POUR EUX, DE TROUVER UN SUJET VENDEUR TOUS LES JOURS.
JE TE TROUVE BIEN DÉTACHÉ…
TIENS, REGARDE…
IL EST BEAU, NON ?
AH ? MAIS OLIVIER EST BIEN PLUS BEAU !
SI JE FAIS DES EFFORTS, C'EST UNIQUEMENT POUR QUE SAEKO ME CONSIDÈRE COMME SON PRINCE.

"APRÈS AVOIR EXERCÉ EN TANT QUE PÂTISSIER EN FRANCE, BELGIQUE ET ESPAGNE, IL A OUVERT SA PROPRE BOUTIQUE 'RICDOR' À NEW YORK.
CET HIVER, LE CHOCOLAT QUI A ENCHANTÉ LES CÉLÉBRITÉS DE NEW YORK DÉBARQUE ENFIN À TOKYO !"
ON PEUT DIRE QUE LA PRESSE RAFFOLE DES SURNOMS ...
VOICI DONC LEUR PROCHAINE CIBLE, APRÈS SOHTA, "LE PRINCE DU CHOCOLAT".
Les médias sont infidèles...
RIKUDO... J'AI DÉJÀ ENTENDU PARLER DE LUI.
T'EN FAIS PAS ! CE N'EST QU'UN "GENTILHOMME", EN NOBLESSE, LE PRINCE EST SUPÉRIEUR À LUI !
Je crois !
Demain

Chapitre 4

Chapitre 4
"CHACUN DE SES CHOCOLATS, SEMBLABLES À DE LUXUEUX BIJOUX, EST UNE DOUCEUR RAFFINÉE DONT LA QUALITÉ SATISFERA LES FEMMES À LA FLEUR DE L'ÂGE.
CES INIMITABLES CHOCOLATS, ORIGINAUX ET SOMPTUEUX, SONT CRÉÉS PAR...
CELUI QUE NOUS DEVRIONS QUALIFIER D'ARTISTE, "LE GENTILHOMME DU CHOCOLAT"...
C'EST QUOI CET ARTICLE ? ILS EXAGÈRENT, QUAND MÊME !
Ah la la...
Je suis gêné...
SEINOSUKE RIKUDO."
HEIN ?!
QUI C'EST ?!

Heartbroken Chocolatier

Tablette des matières

Les personnages

SOHTA KOYURUGI — SAEKO YOSHIOKA

l'histoire

isbn : 978-2-84965-858-1

Sohta, quitté par son idole, Saeko, a passé cinq années en France pour devenir chocolatier. À son retour au Japon, il est surnommé "Le Prince du chocolat" par la presse, et ses débuts sont prometteurs avec l'ouverture de "Choco la Vie", sa propre boutique. Mais si son seul but était jusqu'ici de reconquérir Saeko en exploitant son point faible, le cacao, l'ouverture d'un magasin rival jette le trouble dans ses sentiments...

KAZÉ
SHŌJO

Setona Mizushiro

Heartbroken Chocolatier

2